2072年から来た
未来人と
魂の教室
上巻
なると未来書店

2072年から来た

未来人と魂の教室

なると

目次

第一章　未来の行方

第二章　宇宙とスピリチュアルの真実

第一章　未来の行方

18時17分
目の錯覚だろうか？

今まさに、水平線に沈もうとしているオレンジ色の太陽は、昼間のそれより3倍くらい大きく感じる。

それにしても、10月上旬にしてはとても暖かい。

暑くはなく、穏やかな気候。

心地よい海風と、波の音と、弱い太陽光が、気分を穏やかにさせる。

2072年から来た未来人

老人　あのーちょっと、いいですか。

かすかに、人の声が聞こえた気がする。

いや、気のせいだろうか？

瞑想に集中しすぎて、聞き間違えたのだろうか。
波の音と勘違いしたのかもしれない。
ゆっくりと目を開けると、辺りは薄暗くなりかけていた。
南国の海風が心地よい。

久しぶりに沖縄本島に来たが、この時期に来たのは初めてだ。
とてもいい時期に来られた。
明日、那覇市内で「心の健康セミナー」を主宰する。
そのイメージトレーニングもかねて、海岸で瞑想をしていたときのことだ。

海から声が聞こえる。
いや、そんなことはない。
でも、この海辺には人の気配はまったくなかったはずだ。

老人　あのー、あなたに、伝えたいことがあります。

今度はさっきよりはっきりと、しかもわたしに問いかけるように聞こえた。

振り返ると60代くらいの男性が、海辺には似合わない格好で立っていた。
背は155㎝くらいの小柄で細身の背格好だ。
メガネをかけ、髪はきちんと整っている。
黒のスラックスと革靴は、海辺にはどう考えても馴染んでいない。
まもなく暗くなる時間だ。
男性が、こちらをじっと見ているので心配して聞いた。

青年 わたしに用事でもあるのでしょうか？
さて、どこかでお会いしましたか？

老人 少しお時間を頂けますか？

青年 わたしに？ あっ、はい。別に大丈夫ですよ。
もう暗くなる時間ですから、ここには電気がないので、ホテルのロビーにでもに行きましょう。

老人 いいえ。ここで少し、お伝えしたいことがあります。

青年 ……。

老人 驚かないでください。わたしは人間ではありません。

青年 ん？ 人間ではない？ あはは……。面白いお方ですね。

老　人　そうです。人間ではないどころか、地球人ではありません。

男性は無表情で、真剣にこちらを見ている。
真剣な実顔《まことがお》で低い声から、この老人が嘘や冗談を言っているとは思えない。

青　年　地球人ではないとすると……、異星人ってことですか？
老　人　ええ、地球の外から、あなたにお伝えすることがあり来ました。
青　年　ん⁉　では、まさかあなたは宇宙人ってことですか？
老　人　宇宙人？　あぁ、こちらの世界ではそう表現しますね。わたしたちからしたら、あなたも宇宙人です。地球も宇宙の中の1つの星に過ぎないのですから。
青　年　まぁ、それはそうですよね。
でも、本当ですか？　まだ信じられません。
では、宇宙船はどこにあるのですか？
老　人　宇宙船はありません。
説明するとややこしくなるかもしれませんので、あとでお話します。
青　年　では、どちらの星から来られたのですか？

はるか彼方の星から来られたのですか？

老　人　いいえ、火星から来ています。

青　年　火星？　火星に宇宙人がいるんですね！

それも、こんな人型の宇宙人が？

どう見てもあなたは人間、それも日本人にしか見えないのに！

老　人　それは、そうでしょう。

それから、２０７２年の未来から来ています。

青　年　ん、いまなんと？　２０７２年の未来？

……ということは、50年後の未来人ですか？

老　人　正確に言えば、地球からでもないので、未来の宇宙人ですね。

２０７２年の火星から来た未来人です。

青　年　……、ちょっと待ってください……、頭がパニックで……。

未来から来たということは、宇宙船ではなく、タイムカプセルですか？

それはあるでしょう。どこにあるのでしょうか？

老　人　では、もう少し丁寧にお話しましょう。

超リアルな３Ｄアバター

未来人　この姿は、アバターです。

青　年　アバター？　ということは、本人じゃなく分身ってことですか？

それとも、実物ではなく、幻想ということですか？

アバターというのは、バーチャルリアリティー（ＶＲ）空間の話ではないのですか？

未来人　未来では、現実世界でもアバターを映し出すことが可能になっています。

青　年　それにしても……、あなたはどこからどう見ても肉体そのものですよね！

姿や形もある。半透明でもない。触れば感触もある。

その服装だって……。

未来人　いいえ、未来の３Ｄアバターは、肉体も服装もリアルのものと遜色ないものを
作り上げることに成功しています。

これらすべてが、３Ｄプリンターから作られた人工物です。

３Ｄプリンターで作った人工物をこちらの世界に映し出しています。

青　年　３Ｄプリンターから？　それにしても、とても高性能だ！

未来人 見た目も感触も肉体そのものだが、そこには実在しない３Ｄアバターです。
青　年 それにしても超リアルな３Ｄアバターですね！
それでは現実と幻想の区別がつきませんね？
どのように区別していけばいいのでしょうか。
未来人 それはこのメガネです。

未来人は、自らのメガネを取り外し、わたしに渡した。

一見、普通の黒縁メガネだが、重さはほとんどなく軽量で、サイズはわたしには小さく感じた。

現代のメガネではこの軽量は実現できていないはず。

どのような材質で作られているのだろうか？

未来人 そのメガネをかけて、わたしを見てみてください。
青　年 うぁぁ！　あなたが消えている！
どういうことですか？
未来人 これは、リアル（現実）のものだけが見えるように設定しています。
青　年 現実世界だけを映しだすように設定されている？

果たしてどのようにしてですか？
未来人　波動と周波数です。
その他にもあらゆる情報が、このメガネを通して表現されます。
たとえば、あなたの属性や波動や周波数もです。
青　年　属性がわかる？　そのメガネで？
未来人　ええ。
青　年　周波数とは何でしょうか？
未来人　この世はすべての物質が波動でできています。
正確に言えば、粒子性と波動性を持っています。
その波動は波長と振幅数によって構成されています。
青　年　ええ。それは高校の物理学で学びました。
未来人　たとえば、テレビやラジオは、異なる波長の電磁波を受け取って表現されています。1つのテレビでも異なる波長を受信することによって、別の番組や音声を届けることができますね。テレビに物体が映されたとしても、そこに物質は存在しません。
その技術を応用しています。詳しい内容は伝えてはいけないことになっています。
青　年　未来の科学技術の特許内容を公開してはいけないのですね。
つまり、波長を合わせることによって、見える世界と見えない世界を作りだしている。

まるで、テレビやラジオのように……。
そして、人間がもつ個人の波動や周波数よって、共振する人と共振しない人がいる。
共振する人はあなたを見ることができる。
これで正しいでしょうか？
未来人　ええ、そんなところです。
青　年　でも本当でしょうか。まだ信じられないわたしがいます。
それでは、その技術を公開できない理由はなぜでしょうか。
それには、何か理由があるのでしょうか？
未来人　ええ、とても重要な理由があります。では、後ほどお話しましょう。
青　年　ええ。是非ともお願いします。

視覚の正体

未来人　そもそも視覚とは何でしょうか？

たとえば、ここに1つの丸い小石があるとします。
この小石に光が当たって反射し、その反射した光を人間の目が捉えるのです。
光は目の神経に刺激を与え、刺激を受けた神経が電気信号を脳に転送し、それを脳が結合することで、「小石を見る」という現象に繋がります。
光を媒体にあなたの目の網膜上に像を結び、そのインパルスがニューロンによって視覚神経系から脳細胞に伝達されます。
つまり、目に入力されたデータが電気的に伝送されて脳細胞の興奮を生じさせます。

青　年　え、ええ。視覚の原理はそうですね。

未来人　これこそが視覚の正体ですね。

青　年　つまり、あなたは、「見えているものは物体がそこにあるとは限らず、脳が幻を見ていることもある」とでも言いたいのですか！

未来人　ええ。目で見えるものは、錯覚も含まれるのです。逆も然りで、見えなくてもそこに存在するものもあります。

青　年　見えなくてもそこに存在する？

未来人　素粒子の特性をご存知ですか？

青　年　ええ。素粒子は量子力学の分野で研究されている、この世の物質の最小単位のものですね。17種類あり、大きさは非常に小さく、大きさが無い（点粒子）、あるいは、あってもとても小さいとされています。

超弦理論においては、すべての素粒子は有限の大きさを持つ「ひもの振動状態」であるとされています。5つの超弦理論を統合するM理論では、次元は11次元とされています。

そして、素粒子は、粒子性と波動性を備えていると言われています。

これまでの実験で最も美しい科学実験と言われた「二重スリット実験」や「シュレーディンガーの猫」という思考実験からも観測者が観測をしていない場合は、重ね合わせの状態にあり、存在は確定していない、というものですよね。合っていますか。

未来人　ええ。そうです。これを不確定性原理といいます。

青　年　しかし、あれはミクロの世界の話です。

わたしたちがいる世界はマクロの世界です。

いま見えている世界では、適用できないはずですが……？

未来人　ええ、いまはまだその段階にありますね。

しかし、これは「目で見える世界が3次元世界だから」ということです。

青　年　目で見える世界が3次元世界？　どういう意味です？

ということは、目で見えない世界、すなわちミクロの世界は3次元世界ではないと？

未来人　ええ、この世は4次元を超える高次元世界と、目に見える3次元世界がいまここに折り重なって存在しているのです。

青　年　世界が重なっている？　し、しかし、それはまだ現代の理論物理学で証明されていません！

未来人　ええ、まだ証明されていませんね。これから15年程度で量子コンピューターや人工知能を駆使して、物理学者が証明することになるでしょう。

次元というのは、ミクロにすればするほど上昇します。そして、マクロ世界は、ミクロ世界の集合体によって成り立っています。間違っていますか？

青　年　ミクロの世界では、高次元世界が広がっている……。もちろんマクロの世界は、ミクロの世界の集合体によって成り立っていますとも！　それは間違いないです。しかしそれと、あなたの３Ｄアバターが幻想であることとなにが関係していますか。

未来人　ええ、順にお話しします。

青　年　肉体や服などの３Ｄアバターは、３Ｄプリンターで精巧かつ正確に作り出すことができています。私を形作っているその物体は、２０７２年の火星にあります。

そして、アバターの波動や周波数を調整することにより、見える人の意識と同じ波動や周波数に合わせ、互いを共振させます。
そのことにより、見える人を限定させることにも成功しています。
青　年　見える人を限定？
ということは、その人が発する周波数によって、あなたを見える場合と見えない場合があるということでしょうか？　よくわかりませんが……。
未来人　ええ。そうです。
青　年　だとすると、わたしが話している姿は、他人から見たら独り言をしゃべっているように見えるのですか？
それじゃまるで、わたしは変人ではないですか？
未来人　それは違います。
青　年　違う？　どう違うのでしょうか。
あなたのことを見えるのはわたしだけであれば、わたしは外から見たら独り言をしゃべっているようにしか見えないのでは？
未来人　うーん。混乱しますか？
青　年　混乱しますとも！
そもそも、あなたはどうやってここに来たのでしょうか？

タイムカプセルか何かでもあるのでしょうか？
未来人　先ほども質問しましたが、はぐらかされた！
青　年　タイムカプセルというのはありません。
未来人　ない？
青　年　ＳＦ映画と違うのです。
未来人　過去にタイムトラベルするのは、あくまで肉体を伴っていません。肉体を伴った形でタイムトラベルをして、過去に移動することはまだ不可能なのです。今後はわかりませんが、少なくとも50年後の未来では実現ができていません。
青　年　肉体では不可能？
未来人　では、アバターのみをタイムトラベルさせた、ということですか？
青　年　ええ。
未来人　肉体や物質を伴わないでアバターのみをタイムトラベルさせた、というのはどういうことですか？
青　年　あなたのイメージの「投影」と思ってもらってもいいでしょう。
未来人　わたしの投影？　わたしがつくっていると？
青　年　そう。あなたの意識の中ですから。
未来人　そして、わたしのアバターは、あなたの意識が見ていると言ってもいいでしょう。

青　年　わたしの意識が見ている？

……いや、よくわからない。

未来人　光と媒体、脳神経の伝達経路をうまくコントロールすることで、相手の意識上に３Ｄアバター映し出すことができています。

あと30年もすれば、この技術は可能になってきます。

青　年　あなたのアバターを他人は見えないのですよね？

未来人　他人からは見えていません。

というより、他人さえもあなたが作り出した投影です。

青　年　……なにを⁉

未来人　これを説明するとまた混乱するかもしれませんが、実は、いまわたしは、あなたの意識の中に入っています。

先ほど、あなたは瞑想をしていました。

いまわたしたちがしているこの会話は、その瞑想の中での出来事なのです。

瞑想中だと意識と共振しやすいのです。

青　年　なんということだ！

いま起きていることは、瞑想の中ということですか？

……つまりそれは、夢を見ていることと同じようなものですか？

未来人　たしかに、夢を見ることに似ています。

正確には、睡眠中は右脳も左脳も休んで動いていない状態なので、夢と瞑想は厳密には異なります。

夢であれば記憶には残りづらいが、今のあなたの意識ははっきりしています。

したがって、この出来事を記憶することができています。

夢も瞑想も、脳幹の松果体が活動しており、意識が高次元と繋がりやすくなるのです。

ただし、瞑想は、その情報を記憶としてつかさどる大脳皮質に引き上げることにより、記憶層にイメージを残しています。

青　年　これが瞑想の中ですかぁ！　まるで理解できません。

青　年　……わたしは瞑想中に声をかけられた。

そこで瞑想を止め、後ろを振り返りあなたと対峙し、会話を始めているはずです。

その証拠に、先ほどまでその海岸で砂山をつくっていた親子、ほらあそこの親子もホテルへ戻っていった！

未来人　それらはすべてが、あなたがつくった投影です。

青　年　投影？　そ、そんな……。言っていることが矛盾しています！

「メガネをかけると、現実のみが見える」と、あなたが先ほどおっしゃっていたじゃないですか！

未来人　やはり混乱しますね。現実というのはこの仮想現実世界の現実です。階層が違うのです。

青　年　階層が違う？

未来人　波動や周波数が違う、という言い方でもいいでしょう。

青年は、腕を組み、ときおり頭を抱えながら、思考を巡らせた。どれくらいの時間が経っただろうか。青年は組んでいた腕をほどき、静かに口を開いた。

多世界解釈論と複数の世界線

青　年　……ちょっと、話をまとめさせてください。

あなたのその身体も着ている服も、３Ｄプリンターで精巧に作られた人工物であり、そこをこちらの世界へイメージのみもっていき、バーチャルリアリティーとして表現している。

つまり、あなたはどう見てもリアルだが、アバター（分身）である。

そして、今のこの世界は、現実世界ではなく、仮想現実世界である。

これで、合っていますか？

未来人　ええ。そうです。

青　年　ではなぜ、仮想現実世界に入るのに、ＶＲゴーグルは必要ないのでしょうか？

未来人　ＶＲゴーグルは必要ありません。

将来はなくても波動や周波数をそろえることで可能となります。

青　年　うーん……。

それから、一部の人間にしか姿が見られないように、周波数帯をわたしに合わせている。

まるで、テレビやラジオの周波数帯のように。

そして、いま、わたしもあなたも、瞑想中に出会い、わたしの意識の中で話をしている。

この意識の中の登場人物はすべて、わたしの投影である。

……これでいいでしょうか⁉

未来人　ええ、そんなところです。

正確に言えば、わたし以外のすべてがあなたの投影です。わたし以外については、あなたが作り出しものです。

青　年　そして、わたしに何かを伝えに来た。あなたは、この世の人物ではなく、「50年後の火星から来た未来人」ということでよろしいでしょうか？

未来人　ええ。未来では、相手の意識の中で会話をする、ということも頻繁に行っているのです。

青　年　相手の意識の中で……。わたしに許可なくですか？

未来人　あなたの意識で許可を取っています。

青　年　わたしの意識の中で許可を取ったと？　なにをおっしゃる、私は合意していない！

未来人　そうでしょう。無意識での合意でしたから。

青　年　私の無意識領域でわたしに許可を取り、わたしの意識に入ってきたと。うーん……。意味がわからない。

青　年　あなたのこの精巧に作られた肉体を、そのメガネのみで判断するべきだと。

それでは、現実世界と仮想現実世界の境目がなくなって、訳がわからなくなりませんか？

未来人　そうですね。現実世界を仮想現実世界と思い込んだり、仮想現実世界を現実世界と思い込む人が出てきています。

その問題が顕在化しています。

このメガネである程度わかるのですが、これを信用しない人もいるので……。

青　年　信用していないのは、わたしもです！

未来人　では、話を変えましょう。

あなたは、1人でこんな外れのリゾートホテルになぜ来ているのですか？

青　年　明日、那覇市内でわたしが講演する「こころの健康セミナー」があるのです。

よろしければあなたも参加しませんか？

未来人　ん？　いや……、これは幻想の世界でした。参加はできませんよね。

青　年　そうですね。多くの人に同時に語りかけることを禁止しています。

未来人　同時に他の人の意識に入ることは禁止されている、ということですか？

いえ、現実世界で同時に複数の人と話すことを禁止しているのです。

意識の中では、その人物としか会話ができません。その他の人物は投影ですから。

青　年　現実世界で多くの人と会い、会話をすることを禁止されていると？　それはなぜでしょうか？
未来人　現実世界の世界線が、大きく変更してしまうからです。
青　年　世界線ですか？　また、専門的な言葉ですね。
未来人　タイムトラベルと何か関係があるのでしょうか？
未来人　大いにあります。この世界は、多世界でできています。つまり、複数の世界が無限に存在しているのです。
青　年　マルチバース理論というのをご存知ですか？
青　年　ええ、たしかヒュー・エヴェレットの多世界解釈論ですよね。まだ、証明はできていませんが。
未来人　ええ。あと25年もすれば、人工知能が量子コンピューターを使い、その理論を証明します。
青　年　人工知能が？　ノーベル物理学賞の研究者とかではないのですか？
未来人　正確には、物理学者と人工知能の共同作業で理論を証明します。そのころはまだ、人間と人工知能の研究の棲み分けができていますよ。
青　年　それはすごい！　ノーベル物理学者たちは、人工知能と共同して研究をし、論文を作るようになると！

未来人　ええ。人間より優れている点は人工知能に任せる。
そういう時代はもうすぐ来ます。
これにより、飛躍的に未解決の研究分野が理論化されます。
科学技術はどんどん発達していきます。
「収穫加速の法則」というのをご存知ですか？

収穫加速の法則とは、アメリカの発明家レイ・カーツワイルが提唱した法則である。

1つの重要な発明は他の発明と結びつき、次の重要な発明の登場までの期間を短縮し、イノベーションの速度を加速することにより、科学技術は直線グラフ的ではなく指数関数的に進歩するという経験則である。

これは、「エントロピー増大の法則」を考慮したもので、宇宙の秩序増大に関する法則性も同様である。

秩序が指数関数的に成長すると、技術革新の時間も指数関数的に早くなる。

つまり、ある新しい出来事や科学技術の達成するまでの時間スピードは、時間の経過とともに指数関数的に短くなる。

第四次産業革命の始まりと終わり

青　年　聞いたことがあります。

未来人　いいですか、科学技術の発達は止められないのです！

過去の歴史において、科学技術が後退したことは、ただの一度もありません！

そればかりか、技術の進展は指数関数的に成長していきます。

それはまるで、熱力学第二法則のエントロピー増大の法則のようにです。

青　年　科学技術の発展は止められない……。

たしか、大規模集積回路の製造や生産の「ムーアの法則」も収穫加速の法則でしたね。

同様に、生命の進化や成長プロセスもまた、成長スピードは加速度を増し、退化することはないのですね？

未来人　ええ、必然です！

それが、この世界の物理現象でもあり、大宇宙の真理でしょう。

１９９１年ヒトゲノムの塩基配列の解読作業が始まったとき、7年経過してやっと解読したのが1％でした。

その時多くの遺伝子学者は、「このままでは作業終了まで700年かかる」と落胆していました。

そのとき、レイ・カーツワイルは、「1％終えたということは、ほとんど作業は終了したといっていい！ 解読作業は、毎年、指数関数的に速くなるから、2年目に2％、3年目に4％、4年目に8％と進むだろう。したがって、あと7年もすれば解読は終了するはずだ」と言い、周囲を驚かせました。

彼は、12年後の2003年に解読終了の宣言をだしています。

青　年　なるほど、科学技術の発展は、目を見張るものがありますね。

未来人　科学技術は西洋文明の産業革命とともに、急速に発達してきました。

西洋文明の発展は、1760年の第一次産業革命を皮切りに、イギリスから始まりました。

第一産業革命が100年間、第二次産業革命は90年間、第三次産業革命は70年間と、こちらも時間がどんどん短縮しています。

そして、今まさに2020年から第四次産業革命が始まっています。

この第四次産業革命は、すべての人や物や他の生命体までもがデジタル空間に繋がる世界とも言えます。

それは50年後の２０７０年に完成形を迎えています。

青　年　ちょっと待ってください！

第四次産業革命の開始は、まだ発表されていないはずですが！

確か、21世紀前半に始まるとされています。

未来人　いえ、しばらくたってから発表されます。２０２０年頃の開始となるはずです。

青　年　２０２０年が開始だったのですね！

青　年　たしかに２０２０年は、コロナウイルスにより世界全体が混乱し、ステイホームやロックダウン社会が到来し、デジタル技術を活用したリモートワークも浸透するきっかけとなりました。

わたしの周りにも２０２０年から出社せずリモートワークしている友人が多くいます。

最初は通勤の往復時間を節約できてとてもよいと言っていましたが、最近は運動不足から体がなまってきたと言っていますよ。

未来人　人間は歩かなくなると体力や筋力が落ちますからね。

また、人同士の接触が減り、太陽光を浴びる機会も減るので、免疫力が落ち、心身ともに体調が悪化している人も増えていきます。

青　年　デジタル化で便利になった一方で、問題も起きていますね。

肉体の存在意義とは?

青　年　ところで、アフターコロナは、どのような世界が到来しているのでしょうか?

未来人　コロナウイルスの蔓延により、デジタル化が急速に進みます。あなたが言うように、家にいながら、会社の会議に出たり、仕事をしたり、学校や塾の授業に出たり、習い事をするようになります。

青　年　家にいながら、多くのことができるようになるのですね。それは、便利なようで肉体が退化してしまいそうです。

未来人　肉体が退化?

青　年　特に子どもたちは、心身に支障をきたす子たちも増えているようです。昔は家に帰ったら、近くの公園で日が暮れるまで遊ぶ子も多かったですが、現代は外で遊ぶ子は減ってきています。悲しいものです。

未来人　たしかに、体を動かさなければ、退化していきますね。人間の肉体は不便にできていますね。
青　年　人間の肉体が不便？
未来人　肉体があるから遠くへ行くにも時間がかかってしまう。意識やアバターのみであれば、今すぐにでも地球の裏側に飛ばすことができるのです。
青　年　し、しかし、肉体があってわたしたちの存在があると言えるのではないでしょうか？　アバターだけでは、それは本当のわたしたちとは言えなくなります。
それに、外出しなければ肉体は衰えます！
未来人　そうでしょう。肉体が退化すれば、たしかに不健康になり病気も増えます。
それはあくまで肉体の衰えです。
青　年　あくまで肉体の衰え？　まるで、肉体は不要とでもおっしゃりたいのですか？
未来人　不要だなんて言っていません。人間は、肉体により制約を受けています、と言っているだけです。
青　年　制約を受けている？　だから問題でもあると？
未来人　いえいえ、誤解をなさらないでください。
「肉体があるから、できることに限りがある」と言いたのです。あなた方は、肉体を必要としていますか？

青　年　肉体を必要としている？　なにをおっしゃるのですか！
当たり前ではないですか！

未来人　そうですか？　いえ、気を悪くしないでください。
そう思わない人も未来の人間たちの中には、いらっしゃるものですから……。

青　年　なんと⁉　未来の人類は、それ肉体を不要だと思う人がいると？

未来人　仮に、肉体が不健康になっても、それに合わせて医療が進展しています。
新しい病ができれば、それを治すための薬が開発され、手術だって経験によって技術力があがるのです。
医療も進化のスピードを緩めることはできませんから……。

青　年　もちろん。わかります。

未来人　新たな病気ができれば、それに対処するための治療法や薬剤もどんどん確立されていきます。

青　年　わかりますとも。でも、それでいいのでしょうか？
元をただせば不健康になることを避けなくてはいけません。
わたしたちは体があって存在するものです！
今の医療は予防の概念が抜けています。

不健康になる原因をしっかり考えないで、治療法や薬剤を開発しても病人は増えるばかりです。

未来人 病人が増える？ そうですね。体があるから病気が増えるのです。やはり、肉体はいろいろ制約が多いですね。

青 年 ……。どちらが正しいのでしょうか？

未来人 なるほど。悩むことは良いことです。それはあなたを成長させます。それはあなた方の世代が、これからよく考えて答えをだしてください。将来はあなたたちがつくっていくのです。

100年後のウイズコロナ

青 年 ところで、コロナウイルスはなくなるのでしょうか？

未来人 ウイルスがなくなる？ いいえ、なくなりません。なくなるどころか、常に変異しています。

そして、ウイルスはどこにでもいますよ。
ウィズコロナ時代が到来しています。
もっとも、この世の中はコロナウイルスに限らず、多くのウイルスや細菌類が存在しており、人間だけではなく野生動物含め共存共栄しています。

青　年　まぁ、たしかに。過度に恐れて避ける必要はありませんね。

無菌の世界を実現することは不可能であることはもちろんのこと、無菌世界でわたしたち生命体は生きていくことはできませんよね。わたしもそう思います。

未来人　そもそもあなたの体の大半は、ウイルスや細菌類の微生物によって構成されています。腸内にはおよそ細菌類が１０００種類で、少なくともその数は約１００兆個以上の微生物が常在しています。重さにして約１kg以上です。

青　年　わたしの体重の約１kg以上はわたしではなく、共存している微生物なのですね。

未来人　それだけではありません。あなたの皮膚にも多数存在し、あなたを守っているのです。

あなたの皮膚の表面には、１㎠あたり約１００万個程度の微生物が生息しています。

青　年　消毒液などで体を無菌状態にするということは、わたしの体を健康に保っている大切な存在を消すことになり、それはすなわち、自分１人で多くの悪性細菌類と戦わなければいけないことを意味しますね。

無菌状態になるということは、かえって病原菌を増やしやすくしてしまいますね。
未来人　そうです。さらに、口の中にはおよそ７００種類の微生物がいます。マスクをするということは、新鮮な酸素が脳に行き届かないだけではなく、マスク内を不衛生にし、口内にカビなど悪性細菌類を増やすことになります。そのマスクは、長期間交換しないことで不衛生を助長させます。
青　年　普段、わたしたちの体は、免疫で守られているからよいものの、免疫が落ちてくれば悪性細菌の増力を許し、病気を引き起こしやすくなりますね。マスクの網目はウイルスの約50倍ほどの大きさですから、効果も限定的ですね。
未来人　マスクの効果は、限定的どころか逆効果でしかないでしょう。すでに風邪を引いている患者は、他人に移さないために、マスクはするべきですが。
青　年　たしかに、日本人のマスクは過剰でしょうね。コロナウイルスをわたしたちは、怖がり過ぎているかもしれません。
未来人　コロナウイルスは、わたしたちに対し、この世界のあらゆる動植物や生命体との共存共栄や調和の大切さを知らせに来たのです。
青　年　なるほど。わたしたちは、ウイルスとの調和も忘れていたと。無知で傲慢で、調和の考えを忘れ、争いばかりしている、われわれ人類に対する警告なのですね。

それにしても伝えに来たというのは、言い過ぎではないですか？

未来人 いいえ。彼らにも意志があるのです。

青 年 いま、なんと？ ウイルスに意志があるのですか？

未来人 ありますとも。

ではあなたは、「潜在意識と顕在意識」というのをご存知でしょうか？

潜在意識（無意識）と顕在意識（意識）とは、ジークモント・フロイトやカール・ガフタフ・ユングが唱えた考え方。

顕在意識は、普段の生活の中で自覚できている意識を指し、潜在意識は自覚されることなく、行動や考え方に影響を与える意識をいう。

個人の経験の領域を超えた全人類に共通の潜在意識（無意識）領域は繋がっていると言われている。

コロナウイルスは救世主⁉

青　年　ええ、それは知っています。でも、フロイトやユングは、潜在意識や顕在意識を人類に限定して言っていたはずです！　あなたは、人間以外の生物にも意識があるというのでしょうか？

未来人　そうです。その他の動物、植物、それ以外のすべての生命体も潜在意識を有しているのです。そして、その意識は深層心理の根底で繋がっています。

青　年　動物はわかりますが、まさかウイルスなどにも潜在意識があるというのは、にわかに信じがたいですが。たしかに無意識層には生体反応から本能まで多岐にわたっており、動物には潜在意識という無意識領域が生体機能を司っているのは理解できます。しかし、ウイルスは細菌やカビよりさらに小さく、電子顕微鏡でなければ見ることはできないほど小さいです。

未来人　小さい存在だから意識をもっていないとでも思っているのですか。だからこそ、無意識をもっているのです。

青　年　うーん。小さいからそこ無意識をもっている？　意味がわかりません。
未来人　あなたの37兆個の細胞1つひとつにも意志があります。
青　年　ん？　人間の細胞に潜在意識がある？
そもそもウイルスは生命体なのでしょうか。
未来人　通常の生物とはまったく異なった構造や増殖の仕組みをもっているため、そもそも生物とは明確に言えない、という説もあります。
青　年　生命体の一部ですね。
未来人　また、ウイルスは自分を複製するための設計図（遺伝子）をもっていますが、組み立てるための設備をもち合わせていないため、動物や人間の細胞の中に潜り込んで（感染して）、爆発的に自己増殖します。
そして、自分自身で代謝や変異をすることはできないのです。
ゆえに、動物細胞や人間細胞以外にも、植物細胞や細菌細胞にも潜り込み、自己増殖していきます。
つまり、ウイルスは、媒体を介さないと自らの生態を維持できないのです。
未来人　ええ、そうです。ゆえに、彼らを敵対視するとどんどん増殖を始めます。
彼らも生命体である以上、存在を維持していかなければいけないのです。
しかしだからこそ、共存共栄や調和の意識をもてば、味方としては働き、生命体を助ける役割をするのです。

わかりますか？

青　年　え、ええ。なるほど、だからこれほどまで被害が拡大したともいえるのですね。

２０２０年から出現したコロナウイルスを、わたしたちは完全に敵対視してきました。

未来人　つまり、コロナウイルスの潜在意識が人類に伝えたかったことは、この世界の共存共栄と調和であるということです。

常識の三角形社会と非常識の円形社会の誤解

青　年　たしかに、人間はいつも争ってばかりいます。

どの社会も序列を作り、それが劣等感や優越感を生んでいます。

そもそも人間の存在価値に差はあるのでしょうか？

偏差値や学歴が高いからと言って、人間の存在価値に差を付けてよいのでしょうか？

未来人　いいえ。動物の世界では差を付けていませんよ。

青　年　今の時代は、就職先も学歴など序列によってよい就職先が決まりやすくなっています。偏差値が高く有名な学校に入学できなければ、その後の人生に差が付き、劣等感はその後もずっと付きまとってしまいますね。

未来人　最終学歴の大学卒業でほぼ就職先のランクが決まっていますね。

青　年　それだけではありません。そのあとの地位や名誉や出世や年収もです。より偏差値が高い大学を目指すために、多くの子どもは小学生から受験戦争や偏差値競争の世界に入らされます。受験戦争でのプレッシャーやよりよい大学に入りたいのに結果的に入れなかったときのコンプレックスが精神的ストレスになります。

未来人　自己肯定感が低い若者が増えているのも、１つの要因はそれでしょうね。

青　年　日本の若者の自殺率も先進国で最高レベルです。そして、幸福度ランキングでもＯＥＣＤ加盟国で最低レベルです。

世界の156カ国を対象とする世界幸福度著調査（ワールドハピネスレポート）では、日本は毎年50位前後と先進国では低い状態となっている。

とりわけ、調査項目のうち、「社会的自由度」と「自他の寛容さ」が上位国と比べ極端に低いことが分かっている。

青　年　この競争社会や序列による三角形社会は、将来的に終焉を迎えるのでしょうか？
未来人　残念ながら終焉を迎えていません。
青　年　そうですかぁ。それは、残念です。
未来人　しかし、三角形社会とは反対の調和のとれた円形社会も少しずつ形成され始めています。争うことを好まない人々が増えてきます。
そういう人たちは、周りの目を過度に気にせず、自分と向き合うことで、自分がこの世界に生まれてきた本当の意味を理解します。
そして、自己愛に目覚め、ひいては、利他愛にも目覚めます。
他人の存在価値や意見を尊重しているので、争いを好みません。
青　年　それはきっと、よい社会なんでしょうね。
青　年　しかし、円形社会を選んだ人たちは、未来は「よい立場」に立てるのでしょうか。
未来人　よい立場？　それはどのような立場のことでしょうか？
青　年　いやー、一般的には、社会的に世間から認められる立場ではないでしょうか？
みんなが子どものころから目指していた立場です。

未来人　その発想が偏見ですね。

青　年　偏見？　いえ、みんなが考えている一般論ですよ！

未来人　一般論だからと言って、正しいとは限りませんよ。

思考が硬直化していませんか？

思考をコントロールされている、という表現でもいいでしょう。

青　年　思考が硬直化？　コントロールされている？　そんなことは……。

未来人　かの有名な20世紀最大の天才物理学者である、アルベルト・アインシュタインは、「常識とは、18歳までに培った偏見の塊である。」と言っていましたね。

青　年　いや、しかし……。

未来人　常識とは、時代や国や民族や文化などによって、当然変化します。

もっと言えば、常識とは1人ひとりの価値観によって異なります。

だから、その常識も未来は崩れていますよ。

青　年　し、しかし、そんなのきれいごとでしょう！

現に、給料も高い、権限もある、地位も名誉もある、部下も多い、周囲からも一目置かれる、そういう立場をみんな子どものころから目指しています！

未来人　……まだ18歳までに培った偏見がぬけないのですね。

青　年　偏見が抜けない？

未来人　これまでの時代はそうだった、というだけですよね。

彼らは必ずしも幸せではありませんよ。

部下から嫌われ、上司からは課題をいつも突き付けられ、組織のために、社会のために、部下や会社のために、理不尽な要求も実行しなくてはいけない立場にいるのです。

青　年　まぁ、中間管理職は大変ですね。

未来人　そして、そのうち世間からも白い目で見られる。

辞めたいと思っても、もう辞められない。

会社が許さない、家族が許さない。

そして、何より、自分自身が許せない。

これまで競争して、勝利を掴んで、夢を次々と実現してきたのに……。

ここで手放すわけにはいかない。

そういう方々が多いのではないでしょうか。

青　年　まぁ、それはたしかに……。

未来人　悩みを抱えている人も多いでしょう。
無知なままなら、どれほど楽であったことか！

知らなければ幸せだった、と最初は考えるでしょう。なぜならば、これまでの自分の教わってきた常識が、根底から覆るのですから。

青　年　教わってきた常識が覆る？

未来人　ええ、これからは多くの人が目覚めていくのです。もう眠りの時代は終えたのです。

青　年　眠りの時代、……終えた？

未来人　その中で、これまでの「常識」というのは、ただの「偏見」だったのだ！　と多くの人が気が付くのです。

青　年　常識が偏見だったたと、多くの人が気付く？　それは、本当ですか？

未来人　そうですとも！

それでも自分は辞められないという葛藤の中、苦しみ、もがき、悶々とするのです。これまでは周りにちやほやされた立場だったから余計に悩むでしょう。

青　年　これまでの三角形社会が崩れる、とおっしゃるのでしょうか。

未来人　崩れるというより、理想的な社会とは思われなくなる、と言った方がいいでしょう。

青　年　たしかに、三角形社会は常に競争にさらされて、勝ち抜くことが最大の使命になっています。

ゆえに、競争に勝ち続けてきた人たちは、その世界を肯定しますよね。その世界が理想的であり、だからこの社会がうまくいっているのだと思っています。

未来人　三角形による社会が理想的な形であると、そう信じて止まない人も多くいます。

青　年　今の社会自体が、競争に勝ち続けた人たちが上に立つピラミット社会になっていますよね。その社会が崩れて壊れない限り、競争を離脱した人や競争に負けた人たちは、優位性を見出せないのではないか、とわたしは考えていました。
しかし、未来は多くの国民の常識が変わるにつれ、なりたい職業も変わっていくのですね。

未来人　ええ、この世界は波動でできていますから、本当はあなたが望む波動で満ちた世界に行くことになるのです。

どちらが正しい世界というのはないのです。

これまでの競争や支配や依存や上下関係で成り立っている三角形社会も正しいです。

そして、残ります。

一方、これからの個性や調和や自由や多様性で形づくられた円形社会も正しいのです。

どちらか１つの考えが正しいから、皆がそれに向かって進んでいかなければいけない、という発想は徐々に崩れていき、自らが自分の本心と向き合い、選べる社会が形成されていきますよ。

そのこと自体が本来は望ましいのです。

地球も宇宙もそれを望んでいるのです。

青　年　競争に勝ち続けた人たちが上に上がる組織もこれまで通り残るが、一方で、想像性や芸術性に富んだ人たちの生きる世界も、これからはどんどん広がっていくのですね。

しかし、想像性や芸術性の世界では、評価を数値化するのが難しいため、競争原理は働きづらいですよね。

これまでの世界は、その分野もコネクションや学歴が影響を与えていました。

平等の概念は広がっていくのでしょうか？

未来人　コネクションの世界は徐々に小さくなり、自由や多様な価値観が広がっていきます。自分で望む世界を選べるようになってきますよ。それが理想です。

未来人　この件について、詳しくはまた、別にお話しします。

青　年　わかりました。子どもたちは社会の構造的変化に対し判断を迫られますね。

未来人　自分の気持ちに素直に向き合えばよいと思います。

そもそも人間には「自由意志」があるのです。

それは他の動物のもっている潜在意識とは異なり、「大いなる存在」が唯一、人間にだけ与えたものと言えます。

森羅万象、八百万の神々が伝えること

青　年　自由意志を人間にだけ与えた……。大いなる存在とは何でしょうか？　それは、創造主ということですか？

未来人　創造主というのは特定の誰かを指すものではありません。この世界の中は、相互依存の関係で成り立っています。それは人間世界だけではありません。すべての生命体が共存共栄し、補完的に関連しています。誰ひとりとして、１人きりでは生きていけない世界なのです。

未来人　大いなる存在とは、生きとし生けるもの、すべての生命体の根源にあるものですよ。

日本の神道にも「森羅万象、八百万の神々」という、よい考えがあります。

青　年　ええ、「古事記」や「日本書紀」や「万葉集」の中に登場する表現です。すべてのあらゆるものに神様（全知全能の創造主）が宿っているという考え方ですね。

青　年　ところでなぜ、八百万の神々なのでしょうか。

未来人　海で囲まれた島国である日本には四季があり、海、山、川、森などの自然に恵まれた国であるがゆえ、災害に悩まされることもありました。

古代日本人にとって、これらの自然災害は生命を脅かすほどの脅威であり、やがてその自然への畏怖の念が自然崇拝へと形を変えていったのです。

五穀豊穣を願い、自然に宿る神々の機嫌を損ねないように、日本人は「八百万の神」を祭ったのです。

青　年　日本は四季折々、自然に囲まれているから自然とそういう思想が根付いてきたのですね。

未来人　ええ。それから、食事をするとき、海外ではふるまう側が「召し上がれ」と言いますが、日本ではいただく側が「いただきます」「ごちそうさま」などと感謝の気持ちを込めて言いますね。

「もったいない」という言葉もそうですが、これらは外国語では表現ができないそうです。もったいないという言葉は、「ありがたき命が生かされず、無駄になってしまうことが惜しい」という意味で使われてきました。

青　年　なるほど、八百万の神々が与えてくれた恵みに感謝し、その命を無駄にすることなくいただく、という考えが日本人の精神にはありますね。

10月になると、その八百万の神々は出雲大社に集まるのですよね？

未来人　ええ。10月は「神無月《かんなづき》」と呼ばれますが、この由来は八百万の神々が全国から一斉に出雲へ集まるため、「神様が留守になる＝神様がい無くなる」からきています。逆に、出雲では10月を八百万の神が集まるので、「神在月《かみありづき》」と呼びます。

青　年　なぜ、八百万の神々は出雲大社に集まるのでしょうか。

未来人　日本書紀の国譲り物語にその答えはあります。

出雲を本拠とする大国主大神《おおくにぬしのおおかみ》が天照大御神《あまてらすおおみかみ》に国土を献上する際、その統治権を譲る代わりに神事《しんじ》を統治するという取り交わしを行ったとされています。

出雲大社では、毎年10月に日本各地の神々が、幽世《かくりよ》を治める大国主大神の元にお集まりになり、人々の良縁《りょうえん》と幸縁《こうえん》について話し合いをする会議「神議り《かみはかり》」があります。

青　年　そういう理由があったのですね。幽世とは何でしょうか？

未来人　幽世とは、常世《とこよ》ともいい、死後の世界や黄泉《よみ》の世界のことです。簡単に言えばあの世ですね。

『古事記』では、イザナギが、死んだ妻のイザナミを追って黄泉の国に行った、というくだりがあります。

青　年　ところで、10月と言えば、まさに今でしょうか。幽世の繁多は、この世界を表す現世《うつしよ》と言います。

未来人　いいえ、旧暦の10月ですから、現在でいうところの11月のことです。毎年、旧暦の10月11日、すなわち、今年（２０２２年）は新暦の11月3日から7日間、「神在祭《かみありまつり》」が行われますよ。

青　年　もうすぐですね。いつか、行ってみたいと思います。ところで、なぜ、神様の数は、八百万なのでしょうか。

未来人　数字の8は∞（無限）を表すということもありますし、「八百」が数が極めて多いことを表します。「万」はさまざまであることを意味し、「八百万の神」で「多種多様な数多くの神」という意味があります。

青　年　わかりました。では、話を戻しましょう。

その見えない集合的無意識が、この世界を創り上げているのですね。
そして、この世界は、陰と陽、善と悪、光と闇、男と女、プラスとマイナス、北と南のように、すべては二極二元論でできているがゆえに、三角形社会とは対極にある円形社会も存在するのですね。

未来人　しばらくはそうでしょう。

青　年　どちらの世界を望むかは、1人ひとりの自由意志に委ねられているということですね。

西洋医学の暴走の先にあるもの

未来人　ところで、少しあなたにお聞きしたいことがありますが、よろしいでしょうか？

青　年　聞きたいこと？　ええ、どうぞ。

未来人　あなたは日本先端医科歯科大学の教授とのトラブルを後悔していますか？

青　年　えっ、なぜ、わたしの出身をご存知なのですか？
未来人　タイムトラベルをする際に、あなたのことはある程度調べているので、概ね知っています。それから、このメガネであなたの属性は概ね表示されます。
あなたの本名は、坂口《さかぐち》　歩《あゆむ》、36歳ですよね。
裕福な家庭でなかったため、高校3年間はアルバイトをしながら、学習塾や予備校にも通わず、独学で医学部を目指すも現役では不合格、その後もアルバイトで生計を立てながら、苦労して2年間の浪人の末、日本先端医科歯科大学医学部医学科に入学しましたね。
青　年　そうです。よくご存知ですね。
未来人　あなたは、両親が医者でもなかったのに、なぜそこまで医者になることをこだわったのですか？　現役時代には、他の有名大学に合格していますね。
青　年　わたしは、小学生の頃から、児童養護施設で暮らす子どもたちと交流する機会が多かったのです。そこには、親のいない子どもたちがたくさんいました。
孤児とのボランティア活動を行っていたことから、小児科医を強く目指していました。
未来人　児童養護施設や孤児との活動は、どうして行っていたのですか？
青　年　若くして両親を失った子どもたちは、愛に飢えています。
子どもたちにとって親は一番の理解者であり、心を許せる存在です。

愛し方も知らないまま思春期を迎えると、愛し方を知らないがゆえに、自らを傷つける子どもたちも出てきます。

未来人　それを理由に小児科医を目指したのですね。

青　年　わたしは、心身が健康でない子どもたちと接していたことから、医師として子どもたちを救いたいと思うようになったのです。

おこがましいですが、子どもたちに愛を与えたいという気持ちもありました。

小児科医として、病気の治療だけでなく、成長を見届けることにやりがいも感じていました。あの日までは……。

未来人　やはり、後悔しているのではないですか？

青　年　いえ、後悔はしていませんよ。

あのまま続けていても自分に嘘をつき続けることになっていました。

独立開業して東洋医学の道も考えましたが、心のケアを必要とする多くの方々と話ができる今のセミナー活動や心理カウンセリングの活動を通じて、生きがいや使命をとても感じています。

未来人　西洋医学の小児科医から、心の医師を目指したということですね？

青　年　あのとき、２０２０年のコロナウイルス感染症がわたしの人生を大きく変えました。

政府は感染症対策の切り札として流通させたワクチンを大々的に国民に勧めていました。わずか1年で国民の80％以上である1億人以上がワクチンを接種しました。

わたしも最初は疑問が多くありました。

ワクチンの完成が早すぎたこと、人類がこれまで経験したことのないmRNAワクチンであり、人体に与える長期的な影響が未知数であったこと、ウイルス自体がどんどん変異していく中で、果たしてワクチン接種によりパンデミックを抑えることができるのか、などです。

しかしながら、大学内では否定意見はおろか、疑問をもつことすら許されない雰囲気でした。

青　年　そして、そのあと、ワクチンは未成年の子どもにも向けられました……。

未成年はもともとコロナに罹りはしても、重症化はしていなかったのです！

死亡者もほとんどいませんでした！

毎年流行するインフルエンサでも、子どもの死者は出ています。

一方、コロナでは極端に小児に対する影響は、データの上では軽微でした。

それなのに……。

未来人　大きな利権もあったのでしょう。

政府はかたくなに国民に接種を勧めてきていましたね。
青 年 当然受けるという院内の風潮の中で、わたしも勧められ、受ける予定だったのです。しかし、先に受けた同僚が、ワクチンを打った直後に……。
未来人 アナフィラキシーショックですか？
青 年 もともと、アレルギー性疾患の持病をもっていたので、アナフィラキシーになり易かったのでしょう。2日後に亡くなりました。
教授も病院長も「大事《おおごと》にはしないように！」ということで箝口令《かんこうれい》が敷かれました。
未来人 この国を代表する大きな病院で、医者が、ワクチン接種によるアナフィラキシーショックで死んだ、ということが、世間一般に明るみになれば、国の今後の政策の根幹を揺るがす問題となる、という大人の事情もあったのでしょうね。
青 年 わたしは、悔しくて、悔しくて……。
その同僚は親友でした。
ともに医療に夢を抱き、困っている人を助けたい、救いたい、そんな思いで医者という人生を志し、その親友もそうだったのです。
医者を目指す者の中には、親が医者だから、という理由だけで医者になりたいという者も多かったのです。

人を救うことなんか、まったく考えてもいない人間もたくさんいました。

わたしが真剣に、医者を志すことについて語ったら、笑われたこともありました。

２年間浪人して入った医学部で、わたしは絶望の中にいました。

自分がこんなにも熱い想いでいるのに、周りの世界は……。

だから、とても悩みましたが、大学病院の中では、今の西洋医学をどうしても進めなくてはいけません。

……わたしは自分の心に嘘をついて職場で働き続けることはできないと感じ、いまに至ります。

主宰する「心の健康セミナー」では、心のケアを求める子どもも多いです。

未来人　そうでしたか。沖縄に来ている理由がよくわかりました。

ありがとうございます。

では、次の話を進めてもいいでしょうか。

青　年　はい、そうですね。お願いします。

目の前のとても大きなオレンジ色の太陽が、いまにも沈みかけていた。

太陽の光は、海の波とともにゆらゆらと揺れ、反射していた。

話に夢中ですっかり忘れかけていたが、わたしは、夕陽を見ながら瞑想をするために海にやってきたのだ……。

未来人と話し始めてもうしばらく経った気がする。

しかし、辺りは暗くはなっていない。

心地よい光に照らされ、今までに見たこともない光景が広がっていた。

地球時間と火星時間

青　年　なかなか暗くなりませんね。どういうことでしょうか……。
未来人　それは、仮想現実世界だからです。
青　年　ん？　わたしが見ている世界が瞑想の中の仮想現実世界だから、ということですか？

未来人 そう。仮想現実世界は現実世界と世界の流れが異なります。

青　年 世界の流れが異なる？

未来人 同じ世界観で解釈していると誤解を招きます。

青　年 うーん。それにしても、あなたと話し始めてからかなりの時間が経過しているように感じますが……。

たしかに、時計の針は動いています。

ふと時計に目を向けると、18時21分を指していた。

まだ4分しか経過していない。

目を疑った。

……おかしい。それはない。

ずいぶんと話したはずだが……。

目を凝らし、もう一度見たが、やはり時刻は、18時21分だった。

すでに日の入り時刻を過ぎているはずだが、太陽は沈んでいなかった。

青　年 時計の針は動いている……。しかし、時刻はほとんど進んでいません。

これはどういうことでしょうか？
未来人 この仮想現実世界の時間は、現実の時間に比べ10倍ゆっくりと進んでいます。
青 年 ん⁉ ちょっと、待ってください！
まさか、時間の進行速度が現実世界と異なるのですか？
仮想現実世界では、時間の進行が遅いというのでしょうか？
未来人 そうです。進行速度が異なります。
時間の概念というのは、あくまで地球時間の話です。
青 年 地球時間？
未来人 月や火星では地球と異なるスピードで時間は経過するのです。
青 年 えぇ⁉
……ということは、２０７２年というのは地球時間ということですか？
未来人 ええ。２０７２年というのは、火星では、火星歴25年に当たります。
青 年 火星歴？ どういうことでしょうか？
時間が場所によって変わるというのでしょうか？ いまいち理解ができません。
未来人 火星では地球よりも時間が進むのが遅いのです。
そもそも「時間」というのは、物質の変化を表します。
青 年 時間は物質の変化？

いいえ、そんなはずはありませんよ。

またあなたは、未来の概念をもち出して、わたしを混乱させようとでも⁉

たかだが、50年先ではないですか？

イギリスの有名な科学者であるアイザック・ニュートンは、今から300年以上前の話です。

彼が「時間は常に一定の速さで流れる」という「絶対時間」の概念を打ち立て、「すべての時計は、宇宙のどこに置かれていても、無限の過去から無限の未来まで変化せずに同じペースで同じ時間を刻んでいる」と発表しているではないですか！

未来人　ええ。知っていますとも。

青　年　みんなそれを信じている。物理学が証明しているのですよ！

未来人　たしかその後、アルベルト・アインシュタインが1905年に発表した「特殊相対性理論」で「時間は観測者ごとに存在し、時空は観測者の運動状態によって、遅れたり歪んだりして変化する」と言いましたね。

青　年　しかし、これは光速の話です。光速で動いている人の時計は止まっている人から見ると時間が遅れる、という意味であり、日常では無視できることです！

未来人　無視？　無視していいのですか？

青　年　光の速さは、秒速30万㎞ですよ！
未来人　ええ、光はとても早いですねぇ。目にも止まらぬ速さです。光の速さに近づけば近づくほど、時間の進み方はどんどん遅くなります。逆に言うと、そのような宇宙船の中で1年過ごしたときの地球で経つ年数は、どんどん長くなります。たとえば、
光速の９９．００％の速さのとき、宇宙船の1年は地球時間で約７．1年です。
光速の９９．９０％の速さのとき、宇宙船の1年は地球時間で約２２．３年です。
光速の９９．９９％の速さのとき、宇宙船の１年は地球時間で約７０．２年です。
これも物理学で証明された理論です。
青　年　し、知っていますとも。光速の９９％以上なんて現実的ではない！
未来人　だから無視していいと？
光速の９９．９９％の速さであれば、実に70倍も時間が短くなるのですよ。
青　年　し、しかし！　普通の物体を光速とまったく同じ速さに加速するには、無限大のエネルギーが必要なはずです！
アインシュタイン自身が、「質量とエネルギーの等価性」の中で伝えているではないですか⁉
未来人　ええ、お詳しいですねぇ。

質量のある物体は、無限のエネルギーが必要となり、光速と同じ速さにはなり得ません。たしかに、そうでしょう。
あくまでも、質量がある場合は、ですが……。
青　年　はっ……質量がない場合……素粒子？
未来人　ええ、意識は物質ではないのです。
青　年　意識は物体ではない？
未来人　質量がなければ、当然重力の影響も受けません。
今はあなたの意識の中での出来事ですよ。

青年は腕を組み、うなずき、自分に話かけるようにしゃべり始めた。

青　年　……、時計の針はしっかりと進んでいる。
しかし、太陽の位置は変わらない。
あの水平線に見える大きくオレンジ色をした太陽は、同じ場所に留まっている。
これは、なぜだ！
未来人　そもそも、時間は矢の飛ぶ道の様に、１つの直線では表現できません。

青　年　時間は1つの直線ではない？　ちょっと意味がわかりません！
そんなはずはない。だから、アイザック・ニュートンが……。
未来人　話が長くなりそうですね。
立ち話も疲れたでしょうから、ホテルの喫茶店でコーヒーでも飲みながら、続きをお話しましょう。
青　年　ホテルの喫茶店？
え、ええ。いいですとも！　望むところです。

青年は歩きながら、未来人に質問した。

青　年　ところで、仮想現実世界の中でも疲れるのですか⁉
未来人　質問が多いですね。
その辺については、いずれまた機会があればお話しましましょう。
青　年　ええ、必ずお願いします！　必ず‼

わたしは未来人の後をついて行った。
彼はどう見ても60 歳くらいの普通の日本人男性に見えた。
彼が火星から来た未来人とは、まだ信じられない自分がいた。
途中すれ違う人たちは普通に動いていたし、話もしていた。
これが仮想現実世界というのは、いまだに理解ができなかった。
現実世界のわたしは、いまも浜辺で瞑想をしているのだろうか?
喫茶店に着くと未来人は何の迷いもなく中に入った。
わたしもゆっくりと後に続き、海辺の見える窓際の奥の席に座った。

連続する刹那は独立している

未来人　飲み物はどうなさいますか?
いつものエスプレッソでよろしいでしょうか?

青　年　いつものって……。
なぜわたしの好みを知っているのですか？
まさか、コーヒーの好みまでご存知なのですか？
未来人　ええ。
青　年　参ったな……。
まるで心の中まで見透かされてるみたいで、なんか恥ずかしくなります。
今日は眠れないと困るので、アメリカーノにしておきます。
未来人　エスプレッソをお湯で割ったアメリカーノですね。
青　年　わたしは、インドネシア産マンデリンのフレンチ・ローストをアメリカーノでお願いします。
未来人　わたしも同じものでお願いします。コーヒーがお好きなんですね。
青　年　ええ、エスプレッソはコーヒーの旨味が凝縮されていますが、カフェインは少ないのです。アメリカーノはコーヒーオイルがしっかり抽出されているため、実際飲んでみると味はそこまで薄くありません。
未来人　アメリカーノはヨーロッパの国々で人気ですね。

このホテルの喫茶店はコーヒーにこだわっているようだ。

豆の種類と焙煎方法も複数の中から選べるようだった。

それにしても、表情を変えずに座っている目の前の男性は、本当に未来人なのだろうか。

いまだに夢を見ているようだ。


しかし、先ほどの話の辻褄は合っている。

わたしのことも初対面なのにまるで、すべてを知っているかのような話しぶりだ。

未来人なんて……そんなことがあるのだろうか？

そう考えているうちに、コーヒーが運ばれてきた。

未来人はカップを手に取り、コーヒーをすすった。

わたしもコーヒーを口に含んだ。

なんとも言えない、美味しいコーヒーだった。


青　年　先ほど話した友人もコーヒーが好きでした。

よく、お互いに調べ合っては、コーヒー店巡りをしました。

最近の系列店というよりは、ここのような昔ながらの古びたソファーやテーブルのある喫茶店が好きで……。

不意に目から涙がこぼれ落ちた。

親友を思い出して涙を流すのは、亡くなった知らせを聞いて以来だった。

未来人　あなたは優しい。
親友を亡くしたのは辛かったですね。

未来人　では、……話を続けます。

実は、過去も未来も複数存在します。

あるのは、「この一瞬のいま」だけです。

青　年　過去と未来が複数に存在する？
ということは、パラレルワールドは存在するということでしょうか？

未来人　そうですね。たとえば、1秒後も0.1秒後も0.01秒後も未来は不確定です。

無限に存在するのです。

あるのは、「いまこの瞬間」の0の刹那《せつな》しかありません。

いまの選択した世界が、1秒後の未来をつくっているのです。

いまこの瞬間は厚みがないため、集まっても0にすぎないのです。

だから、いまこの瞬間は他の瞬間と繋がらないし、継続もしないのです。

どこまでも独立しています。

永遠のいまの瞬間が連続して続いているのです。


青　年　うーむ……話としては理解はできます。そう理解は。

しかしなんというか……まだ信じられない自分がいます。

もし、あなたの言っていることが正しいとすると、どうやって、いまこの瞬間が次の瞬間に移動するのですか？

未来人　どうやって、いまこの瞬間が次の瞬間に移動するか。いい質問です。

未来は自分の自由意志により創られる

未来人　では、その質問にお答えしましょう。

それは、あなたの意識です。

青　年　わたしの意識？

意識には、種類が2つあると言いましたね。

青　年　顕在意識と潜在意識ですね。

未来人　そう。顕在意識は自分で自覚している意識です。

自由意志と置き換えてもいいでしょう。

顕在意識は自覚している一方、潜在意識は自覚のない無意識な意識です。

人間は、95％が潜在意識という無意識領域です。

人は1日に8万回程度も思考すると言われていますが、そのうち95％は日常の思考で、前の日と同じ思考をしているため、無意識に判断された思考です。

青　年　無意識に判断された思考とは、どういうことでしょうか？

思考は自由意志で行われているのではないのでしょうか？

未来人　いいえ、思考にも有意識で行うものと、無意識で行うものがあります。たとえば、ものを食べるときや歯を磨くとき、あなたは箸や歯ブラシをどちらの手で持ちますか？　その持つ手を意識して、歯磨きをしていますか？

あるいは、先ほど、コーヒーカップを手にしたとき、あなたは右手を使いましたが、意識して右手で持とうとしたのですか？

青　年　いえ、意識はしていません。別のことを考えていましたが……。

未来人　そう。大抵の人は皆、何も考えず、あるいは、他のことを考えて行っていると思います。

なぜなら、普段と同じなのでわざわざ意識する必要はありませんからね。

青　年　ええ、わかります。

未来人　それが潜在意識にあたります。

そういった1つひとつの小さな判断は、無意識に行われています。

これも思考なのです。無意識の思考です。

青　年　まぁ、右利きの人は、普通に右手で持ちますよね？

未来人　そうとも限りません。右利きの人でも左右のバランスを保つため、意図的に左手を意識し、左手で箸や歯ブラシを持つ人もいます。

青　年　もちろんそういう人もいますが、そういう人は例外です。

ほとんどいませんよね。だって、右手で持つことが、習慣化していますから。

未来人　そのとおりです！

潜在意識領域は、過去のあなたの行動から同じ行動をあなたに指示します。

それであなたの生体反応を正常に動かすことができるからです。

つまり、過去の情報から、潜在意識は無条件かつ無意識に判断し、あなたの脳と体に瞬時に指令を出しているのです。

青　年　ああ、なるほど。

未来人　潜在意識はあなたの過去データをすべてもっていると言えます。

その中から無意識的に、半ば自動的に判断しています。

青　年　無意識的かつ自動的に……。

未来人　要するに、あなたが自由意志を行使しなければ、潜在意識というもうひとりのあなたは、これまでと同じ行動を起こすようにあなた自身に指示を出し続けるのです。

青　年　たしかに体の左右のバランスは大事ですが、右利きで慣れてきた人が、いまさら左手で箸や歯ブラシを持ち変えなくてもいいと思うのですが……。

未来人　アスリートなどバランスや体感を重要視する職業ならどうでしょう。

箸や歯ブラシやコーヒーの持つ手は、１つの事例に過ぎません。

たとえば、職業にしても、恋愛にしても、趣味や特技にしてもそうです。
また、もう少し小さなことで言えば、年齢を積み重ねるにつれて人間は体格が維持できなくなります。

青 年 筋力が落ちたり、体脂肪率が上がったり、体力も落ちてきますね。

未来人 それを維持しようと努力することもできますね。
そのような行動や決断1つひとつのが、自由意志により行われています。
そして、それをどのように行使するかは人間にだけ与えられたものなのです。

青 年 うーん、たしかに、動物が体形を美しく維持しようとはしませんね。
自由意志は人間にだけ与えられた、というのはなんとなくわかる気がしますが、それが時間とどう関係するのでしょうか？

未来人 文明の発達は人間の自由意志によりもたらされた、と言っても過言ではありません。自由意志という意欲や欲望が、豊かでよりよい社会を実現してきた、とも言えるでしょう。

青 年 なるほど、人類はホモサピエンスであった約30万年前から現在に至るまで進化成長を遂げてきましたが、それはひとえに「豊かな社会を実現したいという自由意志によるものだった」とおっしゃるのですね。なんとなく理解できます。

未来人 人間は知的生命体と言われていますが、最初は言語も文字も使用していなかったのです。
もちろん、国家や政治や法律やお金という概念さえ、最初は存在しなかったわけです。30万年前の野生の猿や熊など他の動物と違い、人類が文明を作り、科学を発達させることができたのは、自由意志によるものだということです。

青　年　うーん、なるほど、哲学的ですね。
しかしそれと、いまこの瞬間と次の瞬間を意識が繋いでいるという意味が、まったく理解できないのですが？

未来人　では、犬や猫のペットは時間をどこまで把握しているでしょうか？

青　年　犬は朝や夕方になれば、えさを求めたり、散歩を求めたり、時間を理解しています。猫だって、冬は寒くこたつの中で、夏は暑く軒下へ向かいます。

未来人　これは、季節や時間を理解していると言えないでしょうか？
彼ら動物は、当たり前ですが時計を見ていません。
周りの環境に合わせて行動を変えているだけです。
犬はお腹が空けば餌を求めます。
猫は冬になり、気温が寒くなればコタツに行きます。

青　年　犬から散歩を求めることもありますが？

未来人 それも習慣の1つなので潜在意識です。潜在意識は過去の情報を記憶しているのです。

青　年 習慣は潜在意識であると？

未来人 そう。そのことを「腹時計」という人もいますね。

青　年 習慣は腹時計かぁ。いいますよね。

未来人 腹時計と俗に言われる「サーカディアンクロック」というのは、実は人間だけではなく、動物はおろか、虫や植物や菌類やバクテリアにも備わっているのです。サーカディアンクロックは、アサガオが有名ですね。

青　年 たしかに、アサガオは朝になると花を咲かせますが、当然、時計を見てませんよね。

未来人 アサガオは、日が照り始めると咲くものだと思われていますが、実は真っ暗な環境下でも時間が来たらしっかりと咲きます。

逆に、ずっと光を当て続けていても、決まった時刻になると咲きます。アサガオは、必ずしも日の光を感知して咲くのではなく、サーカディアンクロックという「生体時計」を潜在意識にもっているから朝に咲くのです。

青　年 まぁ、太陽だけを頼りにしてしまうと、悪天候や日陰の環境に適応できないですからね。
花を咲かせられないというのは、植物にとって死活問題でしょうし、太陽に頼るより時刻をカウントして朝の訪れを把握する方が確実でしょうね。
未来人 そうです。
青 年 それにしても、植物も体内時計を持っているとは驚きです。
未来人 人間も37兆個の細胞すべてが、このサーカディアンクロックを持っています。
青 年 人間の細胞も生体時計をもっていると？
未来人 ええ、あなたたち人間の細胞1つひとつのに潜在意識があります。細胞の潜在意識が、あなたたちの生命を維持しているのです。
青 年 37兆個の細胞の潜在意識によって、わたしたちの生命活動が維持されているのですね。
未来人 そう。一方で、人間には自由意志という顕在意識があります。顕在意識は潜在意識に働きかけます。指示をだします。その指示があなたをの現実を引き寄せます。
青 年 潜在意識への働きかけが、現実を引き寄せる？
未来人 自由な選択や自由意志が、未来の結果を生んでいるのです。未来をつくっているのです。逆に言えば、選択や意志を行使しなければ、新しい未来を生み出すことはできないのです。

青　年　自由な選択が未来を生み出している……。

青　年　そうかもしれません……。

わたしも医学部や大学病院にいたことを思い出します。

今となっては、なんのためにあんなに勉強をしたのか、まったく分からないですが。

わたしは、ただ人を救いたかった。

近年は、小児癌も増えてきています。

なぜ、昔になかった小児癌が増えているのか、ずっと疑問でしたが、最近わかった気がします。

医療が原因の病もあるでしょう。食の問題もあるでしょう。

あるいは、ストレスや電磁波の問題もあるでしょう。

小児科にいて、子どもたちと向き合う中で、病に侵されても精いっぱい生きようとする子どもたち、明るく振る舞う子どもたちをたくさん見てきました。

本当は彼らもわかっている、もう命は長くないということも。

死んでしまうかもしれない、ということもわかっている。

体の中に進行癌があることを理解していても、親の心配する顔を見たくないから、無邪気に笑い、明るく振る舞い、気を遣ってくれる子どもたちがいます。

そういった子どもたちを目の前にして働く医者が、利権にまみれた大学病院の医者だなんて……。

青　年　……すみません、自分の話をしてしまい。

未来人　いいえ、あなたの気持ちはよくわかります。

青　年　そうです。未来は自分で選択していますね。

未来は自分の自由意志によりつくられる、ということですね。哲学的です。

未来人　ゆえに、この仮想現実世界はあなたの意識がつくり上げ、投影したものです。ですから、時間が流れているが、太陽の位置は変わらないということは、仮想現実世界では普通に起こりうるものです。

あなたの潜在意識が選択しているとも言えます。

未来人　このように、仮想現実世界では、非科学的なことも普通に起こりうるのです。

青　年　常識を超越していますね！

未来人　ええ。常識というのは、この物質社会が作り上げたものです。

つまり、仮想現実世界は、物質社会を超越しているとも言えるのです。

青　年　ということは、わたしが太陽を沈めることもできるということですね。

未来人　可能でしょう！

あなたの意識や主観が、時間というものをつくっているのです。

「いまこの瞬間」こそが、この現実世界の創造から仮想現実世界の想像までをつくっているのです。

仏教ではこれを、「刹那生滅《せつなしょうめつ》」と言いますね。

これは、「人間の命は、一刹那、一刹那、生滅を繰り返すことによって生き続けている」という考え方です。一刹那ずつ、生きては死に、死んでは生きる、ということを繰り返しているという意味です。

ですから、この一瞬一瞬が生まれては死んでいるのです。

要するに、いまの連続です。

仏教では、この一刹那を75分の1秒とし、「来ては帰り」を繰り返しているとされます。

そして、死と生を「生死《しょうじ》」と言います。

これは生と死が、一体不可分であるという考えです。

「死」があるから「生」がある。「死」がなければ、「生」もない。

そして、「生」や「死」がなければ、「学び」はないのです。

老いも若きも一緒なのです。

10歳でも90歳でも時間は関係ない、一緒なのです。

青　年　若くて亡くなる子どもであっても、長寿で亡くなる老人であっても、人生の長さに時間は関係ないのですね。

とても深いです。よい話を聞きました。

店員が水を汲みにやってきた。

彼からは、未来人はどのように見えているのだろうか。

先ほどの解釈で言えば、店員もコーヒーも、この空間でさえも、わたしがイメージした投影ということになる。

だとすれば、この会話自体の信憑性はどれだけあるのだろうか。

ふと、そんな考えが頭を過った。

わたしの意識が、ふわっとどこかに浮かび上がりそうになった瞬間、未来人おもむろにまた話しはじめた。

時間は実は存在しない

未来人　よく、ＳＦ系の小説や漫画、アニメ、映画では、時間を止めるシーンがありますよね。

このシーンでは、主人公以外のすべての動きが止まり、時間が止まっています。なぜでしょう？

青　年　うーん。

未来人　それは、「時が止まる」ということに意味があります。

青　年　主人公も同時に止まってしまったら、そもそも時が止まるという認識をもてないからでしょうか？

未来人　そうですね。自分も含めて、すべて時が止まるとなると、その時間停止は意味をなさないからです。

仮に、いまこの瞬間に、自分を含めすべての時間が一年間止まったものとします。

しかしこれは、誰も意識をしていないため、物質の状態も変わらない停止のため、停止していないことと同じことになりますね。わかりますか？

青　年　たしかにそうですね。

未来人　つまり、時間停止が意味をもつためには、自分の主観や意識が「時間が停止した」ことを認識できなければなりません。

主観が存在しなければ、あるいは主観まで停止してしまったら、時間停止は意味をなさないからです。ここまでは大丈夫ですね。

青　年　……はい。主観や意識がなければ、時間を把握しない……。

でも、ちょっと待ってください。この場合、停止させた時間と、主観に流れる別の時間には区別があるのですか？　時間が二つ存在するということですか？

未来人　二つの時間が存在するという認識自体がナンセンスです。

止まっているのは物質の動きです。

青　年　止まっているのは物質⁉

未来人　すべての動きは「エントロピー増大の法則」に従い、進化し、発展し、拡散していくようになっていますが、その動きが止まれば、主観からみて時間が止まっているように見えるのです。

エントロピー増大の法則とは、熱力学第二法則のことを指し「物事は放っておくと乱雑、無秩序、複雑な方向に向かい、自発的に元に戻ることはない」という意味。

エントロピーとは簡単にいうと「無秩序な状態の度合いや乱雑さ」を定量的に表す概念で、無秩序なほど高い値、秩序が保たれているほど低い値を取る。
日常的によくある事例は、
1. 拡散した気体は元に戻らない。
2. 常温に置かれた湯熱は自然に冷めるが、一度冷めた水が勝手に熱湯に戻ることはない。
3. コーヒーにミルクを入れると自然に混ざるが、勝手に分かれることはない。
4. 割れた卵や鏡は元の形に自然には戻らない。
5. ことわざの「覆水盆に返らず」
などがある。

未来人 たとえば、波の動きは月の引力と地球の重力の関係などによって自然に発生していますが、波そのものをどのように観察することができるでしょうか？
青年 波をどのように観察するか……。
未来人 波という物質的なものは存在しません。波は海面の動きの変化に過ぎないのです。
青年 まぁ、そうですね。

未来人　このように、物質の変化そのものを観察しているのは、紛れもなくあなたの主観そのものであり、その変化をもって時間の経過とみなしています。

青　年　なるほど。物質がエントロピー増大の法則に従い進化し、成長し、変化している。それをわたしの主観が捉えて、まるで時間が流れているように見ている、ということですね。なんとなく、わかったような気がします。

未来人　仏教ではこのことを、「諸行無常」といい、一切のものは常に移り変わっていく、と解釈しています。

青　年　諸行無常……。一切のものは常に移り変わっていく……。

未来人　お釈迦様は、この世のものは常に変化し、進化し続けている。頼りにしていたものがなくなる不安もある一方で、新たなものを掴むこともある。よくも悪くも常に移り変わっている、と解いたのです。

青　年　この世のすべてのものは、常に変化しているということは、変化のない社会は、あなたを幸せにはしません。

青　年　そういえば、人間の進化成長について、オーストリアの心理学者アルフレッド・アドラーも似たようなことを言いましたね。

「わたしたちは皆、無力な状態から脱したい、もっと向上したいという普遍的な欲求があり、これを『優越性の追求』と言う。」

未来人 彼は、現代のパーソナリティ理論や心理療法を確立した1人とされています。生まれた赤ちゃんは誰の指示を受けるまでもなく、自ら寝返りをし、よちよち歩きをし、二本足で歩き出します。

そして、見よう見まねで言葉を覚え、しゃべり出します。

動物や植物も同じような特性があり、向上心というのは、大宇宙の絶対的な原理原則であり、真理なのです。

青年 なるほど。

人間は、知的好奇心、向上心、探求心を止めることはできないですね。

とてもよいことを教えてもらいました。

第一章　未来の行方

それにしても未来人の情報量には感心する。
火星人たちは皆、そうなのだろうか。
火星の未来について聞いたみたくなった。

脳の 10 %神話説

青 年 別の質問をしてもよろしいでしょうか。

未来人 ええ。どうぞ。

青 年 ところで、火星人はどのような人たちなのでしょうか。どこの国が管理しているのでしょうか？

未来人 どこの国というと？

青 年 火星の管理は地球のどこの国なのでしょうか？ やはり、アメリカでしょうか？ それとも中国でしょうか？

まさか、日本ではないですよね？
未来人　実は火星には「人間」はいません。
青　年　人間はいない？　ちょっと何言っているかわかりません。
では、あなたは人間ではないとでも？
未来人　はい、人間ではありません。わたしはロボットです。
青　年　えぇ⁉　どう見ても人間に見える。あなたはロボットだったのですか？
それを早く言ってくださいよ！
人間に似せたアンドロイドだったのですね。日本人にそっくりだ！
青　年　ではなぜ、火星には人間はいないのでしょうか？
未来人　火星には人間が住めないのです。
詳しくは、また後でお話しましょう。
青　年　また後でですか。早く知りたいですね。
青　年　では、火星ではロボット同士でどんな言語でしゃべっているのでしょうか？
未来人　ロボット同士では、言語を使っていません。
人間と対話する際は、イメージを言語化し、相手の国の言語で伝えています。

青　年　ロボット同士の会話は、やはりテレパシーだったのですね。その技術はいつ頃に確立されたのですか？

未来人　テレパシー技術は元々人間にも備わっています。原始時代では人間も言語を使っていなかった代わりにテレパシー技術を使ってコミュニケーションをとっていました。

現代人は、より左脳が発達し、言語でコミュニケーションをとるようになりました。言語を使う分、右脳や脳幹の一部を退化させていると言えるでしょう。右脳は「非言語」の働きをもち、数学・音楽・美術など、空間把握や創造性の分野で使われます。

脳の中の脳幹《のうかん》に松果体《しょうかたい》という小さな内分泌器《ないぶんぴつき》がありますが、その松果体が高次元世界とのアンテナの役割をしています。

アンテナというのは、見えない世界と見える世界をつなげる役割もありますが、現代人はその松果体を退化させてしまったので、見えない世界の情報を受け取りづらくしています。

青　年　ふーん……。

未来人　ただし、松果体の退化は、悪いことと一概に決めつけられませんがね。

テレパシー能力を退化させる代わりに左脳が発達し、言語や論理の領域が飛躍的に高度化しています。
思考を言語化し、より正確により効率的に相手に情報や思いを伝えることにより、コミュニケーションをしやすくしたとも言えます。
青　年　たしかに、テレパシー技術は今の人類社会では必要ありませんよね。
青　年　イルカは人間以上に脳を使用している、と聞いたことがあります。
一説では、人間は脳を5～10％程度しか使用していないという「脳の10％神話説」というのがあります。一方、イルカは脳を30％程度使用しているという学説もあります。
その辺はどうなのでしょうか？
未来人　「脳の10％神話説」は、「神話であり事実ではない」と否定する学者もいますが、このこともいずれ証明されることでしょう。
なぜなら、人間は脳の高度処理に肉体がついて行けないからです。
青　年　肉体がついて行けない？
未来人　ええ、人間の脳はスーパーコンピューター数十台分という学説がありますが、実際はそんなもんじゃやないです。
青　年　たしか、人間の脳のわずか1秒間の活動でスーパーコンピュータ「京」の40

分に匹敵することを理化学研究所が発表しています。

未来人 実際の能力はもっと高いでしょう。その分エネルギー消費量は肉体全体の20%に相当するため、肉体が維持できないのです。

未来人 一方で、未来は、人間以上に考えを正確に早く伝えることができる高度なロボットもいます。言語能力も素晴らしいのですが、デメリットは伝えるのに時間がかかるという点です。テレパシーなら一瞬ですべての情報や考えを相手に伝えることができます。意識は時間をもたないからです。

肉体を伴うタイムトラベル

青　年 意識は時間をもたない？　ところで、未来の火星人は、地球上の現実世界にも現れるのでしょうか？　それとも仮想現実世界でのみ現れているのでしょうか？

未来人 現実世界（リアル社会）にも登場できます。

青　年　そうですよね。でなければ、タイムトラベルとは言えないと思いますから。しかし、肉体を伴ったタイムトラベルは不可能なのですよね？

未来人　肉体を伴ったタイムトラベルはできませんが、アバター（分身）であれば、現実世界でもタイムトラベルすることはできています。

青　年　もともとアバターとは、「化身」や「分身」という考えですよね？現実世界にアバターと同じ概念でタイムトラベルするのですか？

現実世界に肉体を投影させるということですか？

未来人　そう。しかも、あなた以外はアバターを目撃できないという方法です。

青　年　ち、ちょっと待ってください！

ということは、仮想現実世界だけではなく、日常の現実世界でもアバターがいるということですか？

未来人　未来ではそういう技術ができています。

しかし、安心してください。

このメガネで見ればアバターは消えます。未来はコンタクトレンズ型も出ていますよ。

青　年　そのメガネは仮想現実世界だけではなく、現実世界でも使えるのですね？

そのメガネは、未来では皆使っているのでしょうか？

未来人　ええ、使っています。

タイムトラベルした場合、これを使わないと他のアバターを識別できませんからね。

青　年　ん？　他のアバター？　ってことは、他にもアバターが来ているということですか？

未来人　ええ。ほかにもタイムトラベルしているアバターがいますが、詳しいことは言えません。

青　年　そうですか、残念です。それにしても、なぜ人間は肉体を伴って火星に移住することができないのでしょうか？

未来人　人間だけではなくすべての生命体が地球から火星には行けていません。少なくとも２０７２年では、実現できていません。それどころか、地球の大気圏の外に行くことすらまだできていないのです。

青　年　いや、そんなことはありませんよ。すでに50年前にＮＡＳＡが、月面着陸を実現しているはずです。

未来人　それは、フェイク情報です。もう間もなく、アメリカ政府から公開されますよ。

青　年　ええ、そんな！　まさか、月面着陸が壮大な嘘だったなんて……。

人類の月面着陸とは、１９６９年7月16日、フロリダ州メリット島、ケネディー

宇宙センターにて、ニール・アームストロング船長率いる宇宙飛行士3名と搭乗員3名を乗せたアポロ11号が、人類で初めて月に降り立った出来事のこと。

滞在時間は、74時間59分40秒とされている。

アームストロング船長の「これは1人の人間にとっては小さな一歩だが、人類にとっては偉大な一歩である」という名言が有名。

青 年　地球と月との距離は38万㎞で、史上最も離れたテレビ中継という歴史をつくり、全世界に配信されました。
全世界の人口の約20％が、視聴したと言われています。
なぜ、フェイク情報を政府が伝える必要があったのでしょうか？
世界的にも、ものすごい反響があったはずです。
未来人　反響があるからこそ、行なったのです。
青 年　どういうことでしょうか？
未来人　まず、メディア情報を通じて大衆を心理的に誘導する効果がありました。
そして、大宇宙の真理に気づかせない効果がありました。
青 年　大宇宙の真理？　なぜ、気が付いてはいけないのでしょうか？
未来人　とても大切なことだからですよ！

青　年　その大宇宙の真理についてお聞きしたいです。
未来人　その点については、後ほどお話しましょう。
青　年　ええ。是非ともお願いします。

1家に1台の家庭用人工知能ロボット

未来人　では、話を戻します。なぜ、地球人が火星に来れないか。
青　年　はい。
未来人　２０２０年前後から始まった第四次産業革命は、すべての物質をインターネットに繋げるデジタル社会であり、デジタル革命と言えます。
ここで言うところのすべての物質には、人間の肉体も含まれます。
すなわち肉体がなくてもあらゆることが、実現できる社会が訪れるのです。
青　年　肉体がなくても実現できるとは？
未来人　人間は、肉体に縛られ過ぎているから、なかなか願いが叶えられないのです。

第四次産業革命の完成は、50年後の2070年に訪れます。

２０７０年には、人間は肉体という呪縛から解放されるのです。

青　年　肉体という呪縛から解放される……。

未来人　肉体という制約のせいで、これまで人間は潜在意識を自由に使うことができずに、苦しみや悩みを抱えて悶々としていたのです。

逆に言えば、この第四次産業革命により、肉体から意識を切り離すことに成功すれば、瞬時に願いを叶えることができるのです。

そして、潜在意識を自由に使い、苦しみや悩みから解放され、楽園で生活できるのです。

青　年　肉体が制約……？　肉体と意識を切り離す？

苦しみや悩みから解放され、楽園で生活？　なにを言っているのか……。

肉体のいらない世界に向かうのでしょうか？

未来人　それはあなたたち次第です。

青　年　人類はその世界を望んでいるのでしょうか？

仮想空間において、あらゆることが瞬時に実現できたとして、それが幸せと言えるでしょうか？

未来人　そうですね。そういったことも含め、1人ひとりが自由意志を持ち、自由に決めていく世界なのです。

どの世界を望むかは、あなた方の意志に委ねられています。
そういう世界も始まるということです。
そういう世界はデジタル革命が進行するに従い、避けられないのです。
大宇宙の絶対原則でもあり、科学技術の進展が留まることはあり得ません。
後退することもあり得ません。

青　年　歴史上一度たりとも、科学技術が後退したことはないのです。

未来人　たしかに、そうですが……。

青　年　飛行機が飛べるようになった後、飛行機の生産や開発を止めたことはありませんでした。
同様に、原子力技術から核兵器が開発され、仮に核兵器の開発を止めたとしても、原子力技術が後退することはあり得ません。
科学技術の進展に従い、現実世界と仮想現実世界が同時に存在していくのは避けられないのです。

青　年　しかし、普通に考えれば、現実世界から仮想現実世界へ行きたいと願う人は少ない気がします。少なくとも、わたしは現実世界の方がよいと思っています。

未来人　それはどうでしょうか？

青　年　なに？

未来人　たとえば、携帯電話が日本に初めて流通したのが１９８５年です。電電公社が民営化しＮＴＴとなり、ショルダーフォンが登場しました。当時は「携帯」電話とはとても言えないほど大きくて重い箱であり、持ち運びに不便でした。

青　年　ショルダーフォンは知っています。わたしがちょうど産まれた頃でしたから、テレビで見ただけですが、初めて目にしたときは衝撃的でした。

未来人　当時は、携帯電話というより、自動車搭載型の移動電話という感じでしたよね。

未来人　価格も高価で月々の基本使用量が３万円、通話料も３分２８０円でした。保証料が20万円、自動車の工事費用が８万円もしました。

青　年　そんなに高かったんですね。今からわずか35年前の話です。それでは誰も買いませんよ。すごく重かったようです。

未来人　充電器と一緒に持ち運ぶと、重さは３kgでしたからね。

青　年　いまでは１００ｇ程度まで軽くなったのもあります。わたしの携帯もとても軽いです。技術革新のスピードは目を見張るものがあります。

青年はスマートフォンを胸元のポケットから取り出し、未来人に向けて見せた。

店内の照明に反射して、画面がキラリと光った。

青　年　これはもう買ってから3年以上使っています。わたしは気に入ると、同じものを長く使う性格でして、画面に少しひびが入ってしまいましたが、愛着がわいているので、手放せないのです。

未来人　今でこそ、人間はみな持っていると言えるほどになりましたが、当時は携帯電話を使うことをほとんどの人は考えていませんでした。電話をしたければ公衆電話があるし、なぜ持ち歩く必要があるのか、持ち運ぶことで幸せになるのか。
すなわち、当時もいまと同じように、イノベーションを受け入れる人は少なかったのです。

青　年　まぁ、そうなのかもしれませんが……。

未来人　手紙から電子メールになり、リアルタイム通話に代わっていきました。その後に仮想現実世界（ＶＲ）で立体映像になりました。
このことにより、たとえ地球の裏側であっても瞬時に「繋がる」社会が実現できたのです。
つまり、科学技術の発達により、全世界の人たちと瞬時にコミュニケーションをとれるようになり、科学により「テレパシー技術」を実現したと言えます。
科学技術の発達は、わたしたちに多大な恩恵をもたらしています。

青　年　多大な恩恵と言えばそうですが、それが本当の幸せか、と言われると、また別の問題である気がします。
昔は、遠方の人とのやり取りは、電話か手紙しかありませんでした。
「文通友達」なんて言葉が流行ったときがありましたが、手紙には手紙の良さがあった。文字でしか伝わらない、視覚的良さもありましたよね。
ポストに出さずに、郵便局にもわざわざ言って手紙を出すときには、時間はかかりました。しかし、そこで出会った近所の人や職員と日常の会話をすることが楽しみだったりもしました。

未来人　ええ。人間は技術を進歩させることで、手間という時間を減らし、便利さを求めた代わりに、人間同士の物質的な関わりを減らしてきましたね。

青　年　これからの人間は、本当に仮想現実世界を求めるようになる、ということでしょうか？

未来人　仮想現実世界は、なくてはならない世界、そうでなければ仕事や学習ができないという世界が到来します。

もちろんそれにはメリットとデメリットがあることをよく理解するべきです。

青　年　利便性も高まり、何の疑いもなく使用していくのは危険な気がします。

未来人　人間が科学を妄信し続ければ、疑うこともなくなります。疑うどころか、ロボットとの共生社会も並行して始まります。ペットと同居するのと同じ感覚で、ロボットと共生する社会が到来します。

青　年　ロボットと共生する社会……。

青　年　1家に1台の家庭用人工知能ロボットというのは、ＳＦの世界ではなく、実現するのですね。いつ実現するのでしょうか？

未来人　もう始まっています。アマゾンもテスラもソフトバンクも出していますが、携帯電話の発売初期と同じように、価格が高すぎるので、買う人が今はほとんどいないだけです。

青　年　では、その家庭用ロボットは、次第にできることが増えていくのでしょうね。まるで、今のスマートフォンが、当時の携帯電話とは比較にならないほど高性能になったように。

青　年　ところで、家庭用ロボットに意識は芽生えるのでしょうか？グーグルが開発した人工知能には意識が芽生えた、という記事を見たことがあります。

未来人　他の生命体と同じような、意識や魂がロボットにはありません。

青　年　やはり、意識や魂はないのですね。

未来人　ロボットはいずれ、知識や知恵において、人間の能力を超え、感情をもち始めます。

青　年　ロボットが感情をもつ……。

未来人　ロボットが人間を殺害するような事件も一部で起こります。

青　年　それは危険です。

未来人　ええ。ですから、それに伴いセキュリティーが強化していくのです。

青　年　ロボットとの棲み分けから、人間とは本来なにができ、どんな存在であるのかを考えなおす必要もありそうですね。

未来人　そう。それも、あなたたちの世代の役目ですよ。

青　年　ロボットにしかできないこと、人間にしかできないことの棲み分けをきちんとして、人間には本来備わった素晴らしい能力を1人ひとりが発揮して輝ける社会を目指したいですね。

いま、このコロナ禍にあって、必然的にそういったことを考えさせられています。

今回のコロナ禍は、なんだかすごく、試されている、そういう気がしてならないのです。

わたしたちはなんのために生まれてきたのか、ということを。

未来人　ええ、そのとおりです。

どれくらいの時間が経ったのだろう。

未来人とたくさん話をした。

未来人が穏やかなせいか、波長が合うからなのか、初めて話した気がしない。

最初は未来から来た、と言われて驚いたが、いまこうして、1時間も一緒にいない間柄なのに、不思議と懐かしい感じさえある。

なぜだろう。

コーヒーを飲み終え、カップをそっとテーブルに置いた。

すかさず、未来人が僕に2杯目を勧めてくれた。

人生50年時代から人生100年時代へ

未来人　二杯目は、わたしのおすすめでよいでしょうか?
青　年　あ、はい。ありがとうございます。
おすすめ、気になります。コーヒーは好きなんですか?
未来人　いえいえ、なんせ、わたしはロボットですから……。
特にこだわりはないですよ。
青　年　そうですよね、あははははは。
それにしても、ロボットも飲食をするのですね。
未来人　いえいえ、食べなくても生きていけますよ。なんせ機械ですから。
でも、人間と共生する中で、食事も排泄も入浴もできるように改良されたのですよ。
人間のエゴに合わせているのです。
青　年　ひぇー、人間はどこまで傲慢なのだろうか?
未来人　子どもの遊び相手のロボット、主婦や孤独な老人との話相手のロボット、添い寝してくれるロボット、家庭教師をするロボットなどたくさんいますから。

未来人　では、話の続きです。

現在あるさまざまな職業はいずれ、ロボットが担うことになるでしょう。

現にわたしのいる世界では、ここにいるウエイトレスのような仕事はありません。

すべて、ロボットで事が足りるので、人間が行う必要がないのです。

青　年　ああ、そうですね。それは想像できます。

でも、店員とのちょっとした会話が楽しかったりしますが。

未来人　ええ。ですから、ロボットがいずれ人間同等に会話をするようになりますよ。

人間はミスもしますし、汎用的な仕事はロボットの方が向いているのです。

青　年　うーん。ミスをしない人間はいませんもんね。

しかし、それではなんだか寂しく感じます。

未来人　人間はいま、自分たちの仕事がなくなると言って、ロボットを敵のように見ている風潮もありますね。

あなたはロボットは嫌いですか？

青　年　好きか嫌いか、あまり考えたことはないです。

ロボットはあくまで、人間に生み出された機械に過ぎない、そう思っていましたので。

未来人　ええ。そうでしょう。

しかし、産業機械などはもう人間の代替としてしっかり仕事をしています。今後、より複雑なことや判断を求められることもロボットが行うように仕事が広がっていきます。

徐々に広がるので、いまや携帯電話を持っていない人が誰もいないのと同じように、誰もが自然と受け入れるようになりますよ。

青　年　それならいいですね。

未来人　第四次産業革命は、ロボットも人間も、共生する社会がやってくるのです。それとは別に仮想現実社会もやってくるのです。ロボット共生社会や仮想現実社会との共存、それを人間がどう望むか、それもあなたたち次第なのです。

未来人　仮想現実社会によって、人間は、痛みや悩みや悲しみや苦しみから解放されるとも言えます。それを望む人たちもいます。

青　年　うーん、悩み苦しむことは辛いですが、でも、そのつらい出来事があって人生と言えるのではないでしょうか？

喜怒哀楽がない人はいません。波乱万丈の人生が楽しい、という人もいます。

未来人　ええ、ではなぜ人は、ゲームやバーチャルリアリティーの世界へ向かうのでしょう。

自分と向き合わない人が増えている気がします。

そして、他人と真剣に向き合い、話し合う機会も減っている気がするのです。

未来人　教育や社会がそうさせているのでしょうね。

青　年　では、唐突ですが、生きている意味とは何でしょうか？

未来人　生きている意味、それは学び、経験することです。

この3次元社会に生を受け、生活することは、すなわち、痛みや苦しみや悲しみを経験することに繋がります。

ときには、その苦しみに耐えきれず、自殺する人もいるでしょう。

しかしながら、それも経験です。

青　年　うーん。痛みが経験とは……。

未来人　つらい出来事から逃避する人がいます。

そして、残念ながら、自ら死を選んでしまう人もいます。

死がなければ生がないのと同じように、苦しみがない世界は楽しみもありません。

それらは表裏一体なのです。

未来人　時間が経つにつれて、この現実社会に絶望した人たちは、ネガティブな感情から逃避するように仮想現実世界に身を投じ始めます。
仮想現実世界の創造によって、自殺する人も大幅に減りました。
そして、第三次産業革命で増えた精神疾患が、第四次産業革命では大幅に減りました。
青　年　自殺する人が減少するのはよいですが、辛いからと言って仮想現実世界に身を投じるのは、まるで現実逃避じゃないですか？
未来人　良いか悪いかは、なんとも言えません。良い部分もあり、悪い部分もあるからです。
青　年　逆にその辺をもっと議論するべきなのでしょうね。
未来人　ええ。新しい社会構造の変化に伴って、自分と向き合うことが必要と言えます。
青　年　仮想現実世界というのは、メタバースなどによるＷｅｂ3.0社会のことでしょうか？
未来人　ええ、そうです。
高次元空間をコンピューター上につくり出すことで、すべてを実現できます。
たとえば、朝起きてから顔を洗い、ご飯を作り、食事をし、満員電車に乗って通勤し、会社で仕事をする、というのを仮想現実世界におきかえると、一連の作業がなくなり、寝たまま好きな食事をし、食事から会社の会議や作業までできるのです。

1日24時間ベットの上で完結できるようになります。

青　年　1日中ベットの上？　健康なのに？

未来人　そういうことが科学術により可能となるのです。

これにより、人間は時間から解放されるのです。時間という呪縛から解放されます。

青　年　時間から解放されると言っても……。

未来人　これまでの第三次産業革命で大幅に移動距離と時間を短縮してきましたが、第四次産業革命では、さらに時間が短縮するのです。

第三次産業革命は1950年から70年間でした。

この間多くの家電製品を生みだし、わたしたちはとても豊かになってきたのです。

エネルギー消費量が増大し、寿命が長くなり、人口が爆発的に増えました。

つまり、現代社会はエネルギー消費量を増やすことによって、寿命を延ばし、生活を豊かにし、時間を短縮した社会とも言えます。

この70年間で、日本の平均寿命は30年以上も伸び、人口も2倍以上になりました。

青　年　たしかに、江戸時代や明治時代は寿命が40歳台でしたね。

昭和20年を過ぎて、ようやく日本の平均寿命が50歳台に載せてきたのです。

当時は、「人生50年時代」と言われましたが、今は、「人生100年時代」と言われています。

寿命120歳限界説はあくまでも肉体の限界

未来人　そうですとも、この150年で飛躍的に寿命が延びています。

縄文時代の寿命は31.5歳でした。

いまや人間は、哺乳類の中でも、とても長生きです。

ネズミは、体重20gで寿命が2年です。

オオカミは、体重60kgで寿命が15年です。

アフリカゾウは、体重5トンで寿命が60年です。

マッコウクジラは、体重40トンで寿命が70年です。

青　年　そう言われるとたしかに、人間の寿命80年以上というのは、体重が重いゾウやクジラと比べると長すぎる気がします。

なぜ人間はそんなに長生きできたのでしょうか？

未来人　人間の平均体重60kgを野生動物としてみると、寿命は30～40歳くらいが適正であり、縄文人の平均年齢が標準なのです。

青　年　縄文人は野性的な生活をしていましたからね。

未来人　人間は、多くのエネルギーをうまく使いこなすことにより、無用な死を減らしてきたのです。

たとえば、冷蔵庫ができたことにより、保存が可能になり、食中毒が大きく減りました。

水道や下水道やごみ処理施設を作ることにより、感染症を大幅に減らしてきました。

また、暖房器具や冷房設備により、室内を一定に保ち、体温の変化を一定に保ってきました。

青　年　なるほど、科学技術の発達やエネルギー消費量の増大と人間の寿命との関係には、大きな相関関係がありそうですね。

未来人　人間は哺乳類の中でも、とてつもない長寿を実現したのです。

青　年　それは良いことですよね。

未来人　良い、悪いと人間はすぐに判断したがります。

良くもあり、悪くもある。

逆に言えば、良くもなく、悪くもないのです。

どちらにせよ、物事には良い面と悪い面が同時に必ず存在します。

1人ひとりが、どちらの世界を望むか、というだけです。

どちらの世界も学びがあります。学びや成長のために起こっているのです。

青　年　しかし……。

「人間万事塞翁が馬」ということわざもあるとおり、１つひとつの出来事は必ずしも多くの人が思うような幸福や災いとは限らないのです。そのことを理解してください。

青　年　よいと思っていることも、必ずしもそうではない場合がある……。たしかにそうですね。深いです。

青　年　寿命の話に戻りますが、今の最長齢は、だいたい１２０歳前後ですね。人間が生きられる最長の限界「１２０歳限界説」は正しいのでしょうか？

未来人　長寿を実現したとして、人間は１２０歳までが限界と言われています。世界最長齢者は１２２歳で、１９９７年8月4日に亡くなられたフランス女性でした。アジア最長齢者は１１９歳で、２０２２年4月19日に亡くなられた福岡県の日本人女性でした。男性の世界最高齢者は１１６歳で、２０１３年6月12日に亡くなられた京都府の日本人男性でした。

青　年　この記録はこれからも更新されますか？

未来人　体を構成する37兆個の細胞は、細胞分裂して新陳代謝を促すわけですが、その分裂は臓器や部位によって停止時期が異なります。

細胞分裂を繰り返して新しい細胞を供給できる理論的な限界が120歳なのです。

細胞が分裂するとき、核内の染色体も複製されます。

その染色体の末端には、染色体の物理的、遺伝的な安定性を保つために「テロメア」という構造があります。テロメアは細胞分裂によって、短くなります。

ある一定まで短くなると、細胞の分裂は行わなくなります。

その細胞分裂の限界を「ヘイフリック限界」と言います。

いずれにしても、肉体をもった中での限界は、120歳で正しいでしょう。

あくまでも、肉体を伴った限界ですよ！

青　年　肉体を伴った限界？

未来人　ええ、肉体を極限まで排除して、仮想現実世界で生きれば、あるいは、サイボーグとしてこの現実世界で生きれば、もっと長く生きられるのです。

青　年　なんですって？　サイボーグとして？　それはまるでSFの世界です。

未来人　一方、肉体の限界まで到達した人類は、今度は平均寿命の低下に向かうのです。

青　年　平均寿命が今後下がる？

すでに日本の人口は2008年にピークをつけ、その後は一転し、14年間減少しています。特に近年は大きく減っています。

国連や厚生労働省の発表によると、日本の人口は2050年には約1億人を割れ、2100年には約5千万人を下回ると言われております。

未来人 ええ、日本はすでに人口減少社会に入って、もう14年が経過しますね

青　年 それでも世界的には、毎年約8千万人の人口が現在も増え続けています。世界が人口減少社会に入るのは本当でしょうか？　それは避けられないのでしょうか？

未来人 そうですね……。

サイボーグとして生き続ける意味

青　年 先ほど、「肉体を極限まで排除して、仮想現実世界で生きればもっと長く生きできる」とおっしゃっていました。それはどういうことですか？

未来人 ええ、言いましたね。

青　年　では今後、人間は不老不死を実現するのでしょうか？　第四次産業革命を経て、寿命はどうなるのですか？

未来人　では、あなたに伺います。そもそも、寿命の定義は何でしょうか？

青　年　逆質問ですね。それは、死ぬことですよね。

未来人　では、死の定義は何でしょうか？

青　年　一般的には、心臓が止まること。それにより、呼吸と血液の循環が完全に停止し、脳の全機能が完全に停止し、蘇生不能な状態に陥り、かつその状態が継続したときですね。

現代社会では「死の三徴候」に基づいて医師が判断します。

「心肺の停止」「自発呼吸の停止」「対光反射の喪失・瞳孔拡大」がその3つです。

しかし、具体的かつ科学的な基準というのはあいまいで、多くは心臓が止まると「蘇生する可能性がない」との臨床医学の経験則に基づき、おのおのに立ち会った医師が判断しています。

未来人　つまり、心臓と脳の活動停止が死と言えます。

逆に言えば、その二つの機能を永遠に動かし続ければ、永遠の命、すなわち、不老不死と言えます。

青　年　心臓と脳だけ永遠に動かす？　他の臓器はどうするのですか？

未来人　他の臓器はサイボーグに置き換えるのです。

青　年　サイボーグ⁉　それは、倫理的に問題があるのではないでしょうか？

未来人　すでに研究は始まっています。

全身の筋肉が徐々に動かなくなる難病ＡＬＳ（筋萎縮性側索硬化症）と診断され、余命2年と告げられたイギリス人のピーター・スコット・モーガンが、人類で初めて「人工知能と融合」し、サイボーグとして生きる未来を選んだ、というのはご存知でしょうか？

青　年　ええ。たしか、脳と心臓を除き、他の臓器はすべて人工知能に置き換えたのですよね。

未来人　彼は寝たまま食事をします。

そして、排泄も自動で行うので、自分の意志は働いていません。

体内の水分は、24時間365日、最適なレベルに保たれます。

あらゆる言語を口を閉じたまま話すことができます。

プロの歌手より広い音域まで歌うことができます。

長いスピーチも瞬時に記憶することができ、数秒の時間のずれもなく正確にプレゼンテーションをすることができます。

本人の髪はいつもきれいに整っています。伸びることもありません。

もっとも本人が望めば、どんな髪型にだって変えることができます。

ピーター・スコット・モーガンの脳の能力は、2年で1000倍にもなります。そして何よりも、彼の第二の人生「ピーター2.0」は年を取りません。

青　年　年を取らないですって⁉

未来人　ええ。これをもって、ピーター2.0は、人間の永遠のテーマであった、不老不死を実現したと言えるでしょう。

青　年　なんてこった。彼はそれでも人間なのでしょうか？ どう見てもサイボーグのロボットのように見えます。

未来人　あなたが先ほど言っていた死の定義からすると、彼はまだ死んでいません。脳と心臓は動き続けています。よって、彼は生き続けています。

未来人　それから、こんな話もあります。

第二次世界大戦前にイギリス政府の科学顧問を務めた、物理学者ジョン・バナールが1929年に本人の著者『宇宙、肉体、悪魔』の中で興味深いことを言っていましたね。

「人間はいずれ『完全なる未来』を目指すだろう。理性的精神の妨げとなるのが、自然の驚異としての『宇宙』、人間の身体的限界としての『肉体』、そして無知や欲望や愚かさなど人間の内面に潜む『悪魔』だ。いずれ人間は、この3つの敵を制覇して新たな段階に進むに違いない」とね。

青　年　……なるほど。ここで、宇宙というのは精神性ですね。スピリチュアルとか意識と言ってもいいかもしれない。悪魔というのは我欲、すなわち自由意志ですね。したがって、「意識と肉体と自由意志」を捨てれば永遠の命が手に入るということですね。

未来人　それはあなたがた自身が決めることです。

不老不死なんて所詮無理だろうと思っていた。
しかし、科学は実現しようとするのかもしれない。
サイボーグだなんて、ＳＦの世界と思っていた。
まさか、映画の中の世界が進行中だなんて……。
地球が激動時代に突入したあと、人間は選択を迫られる。
自分の肉体を捨てるか、あるいは、自分の生命を捨てるか、という究極の選択を。

未来人　そして、バナールは次のようにも述べています。

「こうして地球は、実は一個の人間動物園に転嫁してしまうかも知れない。その動物園は、きわめて賢明に管理されているので、そこに住んでいる人たちは、自分たちが単に観察と実験のために保護されているのだということに気付かないだろう。」

青　年　地球が人間動物園？　なんという……。

1929年というと今から93年も前のことだ。

バナールは、そんな前にこのようなことを考えていたのか……。

いや、まさか、そんな世界は来ないだろう。

青年は懸命に自分に言い聞かせた。

輪廻転生とカルマは存在する

青　年　いや、しかし……。

デジタルイノベーションの力によって、寿命の考え方が根本から覆る時代になってきたとはとても驚きです。

イギリス人のピーター・スコット・モーガンの魂はどうなるのでしょうか？

人間には魂が存在しますよね？

未来人　もちろん！　人間には魂は存在します。彼にも魂は残っています。魂は輪廻転生して、またここにやってきます。

青　年　魂は存在するのですね！

肉体が死んだら魂はどの世界に行くのでしょうか？

未来人　肉体という物質が存在するのがこの3次元社会です。

青　年　ええ。この世界は3次元の空間と1次元の時間軸でできている、4次元時空と言われていますね。

未来人　魂の世界は、4次元時空を超える世界、すなわち高次元世界であり、そこに戻るだけです。

青　年　輪廻転生はどうなのでしょうか？　輪廻転生はしないという人もいます。

未来人　人間界だけでなく、動物も植物もすべての自然界が因果応報の法則によって成り立っています。

したがって、魂の世界に輪廻転生はあり、カルマ（業）の概念も存在します。

青　年　カルマというのは、結局のところなんなのでしょうか。

過去世で解消しきれていない懲罰でしょうか。

未来人　カルマは懲罰である、という認識が正しくはありません。

そもそも、あの世は善と悪という概念がないのです。悪いことをしたらそれに対する罰を受けなければいけない、というのはこの3次元社会での考え方です。

青　年　いや、しかし、絶対的に悪いことは存在します。たとえば、誰かを殺害した場合はどうでしょうか？

未来人　殺害ですか。それにも道理があります。殺害に至るまでの経緯など……。

青　年　たとえば、戦争などで相手の国の何の罪もない民間人を殺してしまう場合はどうでしょうか？　これは、悪ですよね。

未来人　もちろん、裁きが不要であるということを言いたいのではありません。たとえば、その行為に対し、最終的に判断するのは本人です。本人以外は罪を裁けないのです。本人がまったく反省していないことを理由に、死刑執行した場合、それはまたカルマを背負うことになるのです。

青　年　死刑執行がカルマを背負う……。では、カルマが過去世の懲罰ではない、とするなら何なのでしょうか？

未来人　カルマとは、「バランスを保とうとする力」という説明が適切でしょうか。この大宇宙はバランスを常に保つような働きが存在し続けるのです。

バランスが崩れた場合は、調整や修正が入るのはこの世の真理なのです。

そのバランスの解消がカルマである、という解釈が適切です。

地球の人口は36億人へ

青　年　結局、悪いことをした場合、今世か来世でその仕打ちを受けることになるのですよね？

未来人　そうですね、魂が学びのために自ら計画するのです。

相手の立場に立った考えができなかったことを後悔するのです。

人間は、完全な人は誰ひとりいません。不完全な存在です。

そして、宇宙は不完全なあなたたちを受け入れています。

宇宙は不完全であるあなたたちの、不完全な部分を含めた、すべてのあなたたちを無条件に愛しています。

今までもそうでしたし、これからもそうです。

なぜなら、宇宙は「無条件の愛」そのものだからです。

青　年　宇宙は無条件の愛そのもの？

未来人　ええ。無条件の愛のエネルギーで満ちています。

たとえるなら、親がわが子にかける愛と同じです。

ですから、自分のしたことについて、また、自分の不足する点について、自分を責めたり後悔する必要はありません。

相手の立場に立ち、起こるべきことを受け入れることが大切です。

必要だから起きたのです。偶然ではなく、必然なのです。

起きたことにマイナスな出来事は決してありません。

青　年　わかりました。では、先ほどの地球の人口減少についてですが……。

やはりこれはカルマなのでしょうか。

未来人　世界線は複数あるので、未来は未確定ですが……。

わたしがいた世界では、２０７2年で世界人口が36億人まで減少しています。

青　年　ええ！　36億人ですか。

それは、国連の人口予測のおおよそ3分の1です。

あまりにも少ない……。

未来人 「作用反作用の法則」というのをご存知ですか？

青　年 え、ええ。物体に働く力は、常に2つの物体の間で力を及ぼしあうように働き、それぞれの力の一方を「作用」としたとき、もう一方を「反作用」と呼ぶことです。

それと人口減少と、関係があるのでしょうか？

未来人 この作用反作用の法則は、地球上だけではなく、宇宙の大原則として存在します。作用反作用の法則というのは、力が拮抗する、つまり、バランスを保つという意味があります。

たとえば、地球や他の惑星が太陽の周りを公転しているのも万有引力が働いているからです。万有引力が働いているにもかかわらず、太陽に直線的に引き寄せ合わないのは地球が動いているからです。公転による遠心力と太陽の引力がつりあっています。それは寸分のくるいもなく何億年も一定に保たれています。

変化があれば、地球はこの場所に留まることができず、わたしたちは存在しません。

青　年 はい。

では、太陽は公転していないのに、その場に留まり続けられるのはなぜですか？

未来人 いいえ、太陽も動いています。

太陽系自体が天の川銀河を約2億5千年周期で公転しています。

青 年 一周するのに2億5千年もかかるのですか？

未来人 それについては、後ほどお話しましょう。

青 年 それと作用反作用の法則が、どう関係するのでしょうか。

未来人 宇宙の大原則として、バランスを保つ働きがあり、作用する力が発生すれば、自然に反作用が発生するのです。

青 年 作用と反作用……。

未来人 つまり、人口がこの１５０年で幾何級数的に増えたからには、その反作用も発生しうる、ということです。

地球の大きな次元上昇と合わせて、地球上の人口が減少することについて、大切な話をしましょう。

青 年 人口減少の大切な話とは？

未来人 それでは、そろそろ主題に入ります。

気が付くと、辺りはすでに真っ暗になっていた。

時計の時刻は18時25分。

会話を始めて8分しか経過していない。

ということは、現実世界では80分経過したということなのだろうか。

第三次世界大戦とコロナパンデミックと人類のカルマ

青　年　先ほど世界線の話をされていますが、タイムトラベル技術が可能ならば、世界をよい方向に変えられないのでしょうか？

人口減少を止めるために、何かできることはないのでしょうか？

あなたは人口減少を阻止するために、過去にタイムトラベルしてきたのではないのですか？

未来人　では仮に、あなたは、地球上の世界の人口が480億人に到達した場合、それは適正と言えますか？

青　年　世界の人口が480億人？　それは、いくらなんでも極端すぎます！

未来人　そうでしょうか。現在の世界の人口は80億人です。

そして、この150年で世界の人口は、13億人から80億人まで6倍以上になりました。

仮に同じペースでいけば、あなたの孫の世代には、世界の人口が400億人を超えます。

青　年　し、しかし……。

未来人　その一方で、いま現在、1年間に4万種類以上の生物が絶滅しています。絶滅している生物の種類の数が、実に4万種類以上もいるのです！

青　年　人類が急増している反面、他の生物は地球から姿を消しているのですね……。

未来人　なぜ、先進国を中心に人口減少が起きているのか。コロナウイルスを発端として、なぜこういった事態に陥ったのか？　いま一度しっかりと考えてみてください。

青　年　増え過ぎた人口を地球が受け止めきれずに、地球の意志で人口を減らしたとか……。

未来人　それもあるでしょう。生命体の潜在意識は、根底で繋がっているのです。そして、すべての生命体が、潜在意識を有しているのです。

青　年　その潜在意識の根底にある集合的無意識が、わたしたち人間にコロナウイルスという形で警告をしたのでしょうか？

未来人　そうとも言えるでしょう。集合的無意識は「大いなる意志」と言ってもいいでしょう。日本は昔から自然に対し敬意を払ってきました。

我々は文明の発達とともに忘れていることがあるのではないでしょうか。

自然や宇宙との調和や共生です。私達は、自然と宇宙に生かされているということ。

自然が無くなれば私達は当然生きていけない。
絶滅の道を歩まなければいけないということを忘れてはいけません。
青　年　……はい。わたしたちがバランスを著しく崩していると……。
だから、コロナウイルスのパンデミックも第三次世界大戦と同じく、世界線を変えられなかったのですか？
未来人　そうです。コロナパンデミックを変更することはできませんでした。
未来人　たとえば、２０１９年にタイムトラベルして、誰かに伝えたとしても、そのことで世界線は変わるが、似た形で結局パンデミックは起こってしまうのです。
これから起こる第三次世界大戦も同じです。
青　年　でも、残されたご遺族のことを考えたら、このパンデミックは止めるべきではなかったのではないでしょうか？
未来人　ええ。気持ちはわかります。この問題は難しいですね。
青　年　それではなんのために、わたしに会いに来たのですか？
未来人　その説明の前に、世界線とパラレルワールドについて、もう少しお話ししましょう。

タイムトラベルのパラドックス

青　年　あ、はい。お願いします。

未来人　時間が一直線で流れていないことが、理論的にわかったのは２０４５年頃です。過去に意識を飛ばしてタイムトラベルしても、今とは違う過去に行ってしまうことがわかりました。

２つとして、同じ過去は存在しないのです。

そして、２つとして、同じ未来も存在しません。

青　年　過去も未来も存在しない。先ほどの時間のときに説明があった話ですね。

未来人　たとえば、今まで生きてきた世界をＡとすると、タイムトラベルで意識のみ過去に戻った場合、Ｂという世界に行きます。

Ｂという世界は、もともといたＡという世界とはすでに違っているのです。

同じ過去は存在しませんから……。

そこで、世界線をなるべく変更しないように過去に戻ります。

青　年　どのようにして？

未来人　なるべく多くの人と会わないようにしたり、多くの情報を伝えないようにしてです。
青　年　ううむ。
未来人　たとえばタイムトラベルにより、1％程度の世界が変わったとします。そこで次に、Aに起きた未来の出来事を伝えた場合、Bという世界線はまた変わります。その世界を仮にCとしたとき、すでに2回の世界線を移行したことになりますね。
青　年　はい。わかります。
未来人　もう少し正確に言えば、伝えれば伝えるほど世界線はD、E、F……と次々に移行していきます。
このように世界は複数あり、パラレルワールドが無限に存在しているのです。
青　年　タイムトラベルもややこしいですね。
未来の出来事を伝えれば伝えるほど、世界がどんどん変わるということですね。つまり、世界を変えようとしても元の世界とはそもそも違う世界になっている。それゆえに、別の問題が起きてしまう可能性があるということですね。
未来人　そう！　言ってみれば、2つの電車を飛び移るようなものです。過去を変えたからと言って、自分が乗っていた電車の未来が変わるわけではないのです。
青　年　なるほど、過去は変えられない。別の世界線を変えているに過ぎない……。

では、あなたは元いたAという世界に戻れるのでしょうか？

未来人　それは大丈夫です。もともと、こちらの世界には意識のみ飛ばしているだけですから、肉体は元のAという世界にいます。

青　年　あっ、そっか。タイムトラベルのパラドックスというのが有名ですが、あれは時間の流れを1つの矢のように一直線で考えていたから起きた概念だったのですね。

未来人　そうです。だから、タイムトラベルのパラドックスは存在しません。

青　年　「親殺しのパラドックス」というのが有名ですね。

未来人　「ある人が時間を遡って、自分の実の父を殺してしまった場合、自分は存在するのか」という命題です。

青　年　その場合、結果として本人も生まれて来ないことになります。したがって、存在しない者が時間を遡る旅行もできないことになり、そうなると父を殺すこともできない、よって彼は生まれることになります。すると、やはり彼はタイムトラベルをして父を殺すことが可能になり……。

未来人　このように堂々巡りになるという論理的パラドックスですが、これは多数の世界線が存在するという最大のポイントを考慮していないために起こりうるパラドックスなのです。

タイムトラベルのたびに世界線が変わるため、Aという世界では、ある人は存在しても、Bという世界ではある人が存在しない、ということはあり得るからです。

青　年　まるで、量子力学の「量子もつれ」ですね。

未来人　量子もつれは、片方の粒子の状態が変化すると、それに応じてもう一方の粒子も瞬時に変化するという現象ですから厳密には違いますが、過去や未来は不確定であるという意味では、量子もつれの重ね合わせの現象と近いとも言えるかもしれませんね。

うちゅう
つめあわせ

デジャブやマンデラエフェクトが起こる重要な意味

未来人　この世は複数の世界線があり、それこそ無数に存在していると言いましたね。意識が世界をつくっていますので、意識が描くだけ世界は存在するのです。

青　年　ええ。時間さえも存在せず、瞬間瞬間の意識が次の世界をつくっていると……。仏教の刹那生滅ですよね。

過去においても、戦争などとても辛く悲しい歴史が存在します。これらの過去を変えることはできないのでしょうか？

未来人　ええ。タイムトラベルを作ったときは、悪い出来事をすべて変えようと試みました。過去にさかのぼり、第一次世界大戦や第二次世界大戦、広島と長崎の原爆投下などの事実を変更しようと試みたのです。すると、別の世界線でも結局は起きてしまうということがわかり、世界線を大きく変えてはいけないことが分かったのです。

青　年　そうですか。残念です。

未来人　ええ、しかし、そういう暗い過去も必要だから起きているのです。

青　年　はい。

未来人　ところで、デジャブというのを知っていますか。

青　年　ええ、「既視感」とも言いますね。

これまでに一度も見たことのないはずの景色や体験したはずのない状況を、まるで以前に見たり体験していたかのように感じる現象ですね。

未来人　他にも、友だちや職場の同僚などと、普段と変わらない会話をしていたときに、ふと、前にもこのようなやり取りをしたことがある気がする、自宅で何かしらの作業をしていたときに、この状況とまったく同じ状況が前にもあったような気がするなどと、実際には、初めて経験したことなのに、以前にも同じような会話や行動をしたように感じることをデジャブといいます。

大人になるにつれてデジャブは感じづらくなるのですが、成人の7割くらいは経験があるとされています。

青　年　デジャブと世界線は、なにか関係があるのですか。

未来人　ええ、異世界に移動するタイミングを脳は把握できないのですが、なんらかの理由で脳が察知してしまうことがあるのです。それがデジャブです。

青　年　えっ、ということは、デジャブをしているときは異世界に移動しているってことなのですね。

未来人 ええ。世界線は、寝て起きてから移行することが多いです。デジャブの起こる条件として、自分の魂と繋がっている必要があります。大人になるほどデジャブが起こりづらい理由の1つは、自分の本心に嘘をついているからです。自分の本心に素直になり、自分自身と向き合い、「いまここ、このとき」に集中すると、魂があなたの願いを叶えるために別の世界線へ移行させるということがあります。もちろん、それだけではありません。

青　年 なるほど、大人は世間体や体裁、建前を大切にするからですね。マンデラエフェクトも同じようなものでしょうか？

未来人 マンデラエフェクトとは、マンデラ効果とも言いますね。事実と異なる記憶を不特定多数の人が共有している現象を指すインターネットスラングとされていますが、実際は集団的な世界線の移行がなされているのです。

青　年 集団的な世界線の移行？

未来人 いずれにせよ、世界線の移行では、記憶を残さないのが一般的です。しかし、覚醒者が増えているので、記憶に残ってしまうことがあるのです。それが、デジャブやマンデラエフェクトと言えます。それだけ、人間の記憶というのは曖昧なものだ、という言い方もできるでしょう。

この世の主人公はだれ？
～マルチプレックス・ワールド説～

青　年　それにしても、先ほどの戦争を止められないのは人類のカルマである、というのがどうしても引っかかっています。

第三次世界大戦のない平和な世界も存在するってことはあり得ないのでしょうか？

未来人　わたしたちもそう考えました。

しかし、どうしても免れない事柄があるということがわかってきたのです。

青　年　希望はないのでしょうか？

未来人　もちろん希望はあります。

多くの人たちが大切なことを学べば、大難が小難となるでしょう。

カルマは学びによって程度が変わりうるからです。

青　年　第三次世界大戦が免れないというのは、いつ知ったのでしょうか。

未来人 われわれも量子コンピューターが多世界解釈を証明するまでは、気づくことができませんでした。

青　年 多世界解釈論（パラレルワールド論）は正しかったのですね。

未来人 ２０４５年頃に量子コンピューターが証明するようになります。

青　年 もう1つの仮説「マルチプレックス・ワールド説」は否定されたのですか。

未来人 マルチプレックス・ワールド説とは、今の世界は確定していないという解釈ですね。たくさんのいまが折り重なって存在していて、視点を定めることで自分のいる世界が確定するという考えで、確定するまで世界は実体としては存在しない、という仮説です。

青　年 はい。素粒子の存在が、「ダブルスリット実験」や「シュレーディンガーの猫」という思考実験でも示されたように、波動性と粒子性をもっており、観測者が意識を向けたとき確定するということからできた概念です。

未来人 しかし、世界は、自分1人が創り上げているものではありません。主役は自分だけではありません。

多くの主役がこの世界を決めているのです。

マルチプレックス・ワールド説だと、他者の存在は否定され、自分の意識以外の存在を認めないことになります。

この理論だと他者は自分の所有物とみなされてしまいますが、それはあり得ません。

先ほどの海辺の小石を例にたとえると、小石は存在しないという考えになります。すべては脳が作り出した虚像であり、観念であるということになります。この世のすべては空間や時間や物理法則も含めて「わたし」の創造した観念にすぎず、物質や他人などというものが実際に存在しないという考えです。

だから、物質を観察する科学で世界を解き明かすことはできないという考えです。

青　年　自分の意識以外は「無と同然」という概念ですよね。

未来人　たった1人の主観に合わせて世界が変化し続けており、自分のみがこの世の創造主という考えはまったく的を射ていません。

主人公には世界を確定させる力がある一方で、主人公以外の人間にはその能力がないということになり、つまり、他人は主観をもたないことになってしまいます。

この世界は自分だけでなく、多くの存在によって成立していますよね。

青　年　やはり、マルチプレックス・ワールド説は正しくないのですね。

未来人　仮に、他人にも同等の視点や主観があるものとしてみた場合、他人の世界確定力を認め、誰かが世界を改変した途端、世界を確定させた主観以外のすべては消滅することになります。

青　年　そうですね。まるで仮想現実世界の中のようですね。

未来人　そう。それはあくまで仮想現実世界での話です。

この世は仮想現実世界と現実世界の二種類によってできているのです！

青　年　ということは多世界解釈論（パラレルワールド論）が正しいと。つまり、あなたが未来の情報を伝えることで、世界線は刻一刻と変わってしまうのですね？

未来人　ええ……。

未来人は、不安そうに腕時計のようなものに目を向けた。

未来人　わたしがいた２０７２年の世界と比べ、こちらの世界はすでに3.9％変わっているようです。

これ以上、大きく変えてしまってはいけないことになっています。

それはGショックに似ていた。

それにしても、この世界では見かけない形状をしていた。

よく見ると文字盤が時計を表していないようだった。

憲法改正は宇宙連合が見守っている

青　年　あなたが腕に付けているそれは、未来の腕時計でしょうか？
未来人　あぁ、これは、時計ではありません。元の世界とこちらの世界の変異を示しています。
青　年　世界線の変異を表すもの？
未来人　ええ。世界線が5％以上離れないように、こちらで確認しながら話をしています。
青　年　世界が大きく変わってしまうと、どうなるのでしょうか？
未来人　それは、わたしたちにも想定外のことが起こる可能性があるのです。このため、5％未満と設定しています。
青　年　想定外のこと？　それでは重要なことは話せませんね。
未来人　新しい先端技術の仕組みや災害の日時は言えないことになっています。もっとも、日時を言ったところで変更してしまいます。
青　年　わかりました。ところでわたしに伝えたいこととは何でしょうか？

未来人 起きてしまう第三次世界大戦に対し、日本が参戦してしまうことを食い止めることです。日本人が世界を救わなくてはいけないのです。

青　年 日本が第三次世界大戦に加担するのでしょうか？

未来人 そうです。

青　年 ということは、日本国憲法の第9条が改正されると？

未来人 ええ。第三次世界大戦は泥沼化し、世界の人類の平均寿命も60歳を切る状況になっています。

青　年 それは……まずい！

未来人 地球の破滅は免れていますが、このまま行くと、50年後には人間同士の争いによって人類が消滅の道を歩んでしまいます。

青　年 人類が……消滅する……。

未来人 第三次世界大戦が、遠くない未来で始まるのです。大国同士の争いは、最初はすぐに終わるかに思えました。しかし、資源の争奪戦から発生し、さらに泥沼化していきました。始まると誰も止められないのです。

青　年　日本はエネルギー自給率も食料自給率も低く、第三次世界大戦が起きてしまうと、国民は苦しむのではないでしょうか？

未来人　ええ。日本ではインフレが継続して起きています。
そして、日本は戦争当事国に入っています。
こちらの世界線では、残念だがそうなってしまいました。
青　年　どうすれば、日本が戦争に加担しないのでしょうか？
未来人　今の日本人は争いの波動エネルギーが強いです。
人の感情や気持ちは、「恐れ」か「愛」のどちらかの波動にわかれます。

青　年「エイブラハムの感情の22段階スケール」ですか？

未来人　ええ、よくご存じですね。
第1グループの愛、感謝、自由、喜び、自信、学び（大いなる気づき）から始まり、最後の第22グループは、恐怖、絶望、苦悩、無力感、憂鬱です。

未来人　なかでも最高の感情が「愛」で、最悪の感情が「恐怖」になります。
つまり、究極では、感情には愛か恐怖しかないのです。どちらかに区分されるのです。
今の日本人は、恐怖のネガティブな感情に引きずられています。
日本国民が隣人を赦し、尊重する気持ちを、もう一度思い出さなくてはいけません。

青　年　日本人の争いの波動エネルギーが強くなってしまったのは、なにが原因でしょうか？

未来人　教育や社会全般に理由があります。

それから1990年以降、ずっと経済が停滞しているのも原因の1つでしょう。

給料も上がらず、一方で生活コストは上がるので生活が苦しくなっています。

青　年　たしかにそうですね。

片親で収入が低い世帯も増えていますし、奨学金の学生も増えています。

未来人　だからこそ、あなたにそれを伝えに会いに来たのです。

愛の大切さを伝えるために！

青　年　愛の大切さ……。

未来人　それは決して、マスコミでは伝えられない、教科書には書かれていないこと。

青　年　たしかに学校教育で愛については学ばなかったですね。

道徳や保健体育で相手を思いやる気持ちは習いました。

未来人　日本の道徳の授業は、どんどん骨抜きにされています。

未来人　愛を最優先する気持ちがあれば、日本が争いに加担することはありません。

そのために、わたしはあなたに会いに、そして大切なことを伝えに来ました。

そこだけでも変えなければいけません。

日本が世界を救わなければいけないのです。
青　年　そんなこと言っても……。わたしは、ただの医者の端くれ。いや、いまは医療行為も行っていません。わたしにはそんな力はありませんよ。
未来人　２０２７年に憲法改正の是非を問う住民投票が行われます。
青　年　２０２７年と言えば、あと5年後ですね。
未来人　国民は間違った判断をしました。53％の国民が、憲法改正の賛成側に回ったのです。繰り返しますが、同じ世界線ではないため、時期や割合は変わるかもしれません。
青　年　憲法改正案に国民は賛成したのですね。
未来人　わずかな差でしたが、そうなりました。憲法改正は国民の総意によって行われるものです。他国や宇宙連合が関与することはできません。
青　年　えっ？　宇宙連合？　宇宙人のことですか？
未来人　ええ、こちらの世界では宇宙人といった方が、わかりやすいでしょうか？　他の惑星の魂たちです。

青 年 この宇宙に宇宙人はいるのですね。すでにこの世界に来ているという話がありましたが、あれは本当だったのですね。

未来人 昔から、地球にも宇宙人は来ています。見える人と見えない人がいますし、見える人も見えないときと見えるときがあります。それは波動や周波数が関係しています。波長が合うと共鳴し、見えたり聞こえたりするのです。

青 年 それでは、宇宙人の惑星というのはどういう星なのでしょうか？

未来人 有名なところは、アークトゥルス星団、プレアデス星団、シリウス星団、アンドロメダ星団、オリオン星団などでしょうか。いずれの星も、おおむね地球より高次元です。高次元であるため、肉体は半透明だったりします。そして、意識や波動や周波数を自由にあやつり、瞬間移動して地球へやってきているのですよ。

青 年 宇宙船やＵＦＯではないのですか。

未来人 そういうのを使う時もありますが、使わないことの方が多いです。高次元の霊団たちも、地球の第三次世界大戦について見守っています。

青 年 宇宙連合が地球を見守っている？

未来人　ええ、彼らはあまり手を出しませんよ。温かく見守っています。安心していいのですよ。

青　年　温かく見守っている？　手助けはしてくれないのですか？

未来人　彼らも各国の憲法改正には、手を出してはいけないことになっています。

青　年　それは、なぜですか？

未来人　憲法は国民が決めるものだからです。地球人たちは誤解をしています！

「光や正義の銀河連合が平和な世界をつくって、国民に安全で快適な世界を与えてくれる」という誤解をです。

青　年　ええ！　そうではないのですか？

未来人　違います。映画でもそういう刷り込みがありますね。世界は自分たちで作り上げるものだからです。この世界の主役は、あなたたち1人ひとりなのです。

緊急事態条項と預金封鎖の危機

青　年　ところで、憲法改正の後に預金封鎖があると一部で噂されていますが、まさか預金封鎖はあり得ませんよね？

未来人　ん、預金封鎖？　国家のデフォルトは、後進国を中心にこれまでの歴史でも何度も起きていますが……。

青　年　では、日本国内で国家デフォルトや預金封鎖は起こるのでしょうか？

未来人　国内での預金封鎖は、少なくとも憲法改正までは起きません。現行の日本国憲法では、個人の財産を国家が奪うことはできないように規定されています。

青　年　しかし、憲法改正草案の中に緊急事態条項というのがあります。内閣総理大臣が緊急事態を宣言した場合、預金封鎖は可能ではないのでしょうか？

未来人　わたしの世界線では、緊急事態条項が外された内容で憲法が改正されたのです。

青　年　えっ、改正草案が変更されているということですか？

未来人　一度、憲法改正は住民投票で否決されたのです。

青　年　え、否決……。

未来人　その後、再び自民党と与党で法案を練った際に、緊急事態条項が外されたのです。緊急事態条項は多くの言論者により危険性が伝えられ、国民はその改正草案を一度否決しています。

青　年　たしかに、緊急事態条項は今でも反対が多いです。

未来人　憲法9条改正は、国民の意見がほぼ二分していたので、憲法第9条に絞った形で再度憲法改正案が答申され、その住民投票が２０２７年に行われました。

青　年　それで……二度目の住民投票は賛成が多数だったと。

やはり台湾有事から、国民の憲法第9条改正論が盛り上がったのですか？

それとも尖閣諸島問題でしょうか？

未来人　ええ、台湾有事と尖閣諸島有事は同時でした。

青　年　同時に……。

未来人　それから、感染症です。

大規模な感染症が、実はずっと世界で蔓延しているのです。

一方、中東や西欧では慢性的な戦争が続いています。

主に東アジアでは大規模な感染症が続いているのです。

感染症は現代の戦争と言ってもいいかもしれません。

政府はこれを理由に緊急事態宣言をしようと考えていたのですが、それは国民の総意によって２０２５年に否決されます。

軍事的な有事は東アジアではしばらくは、起きないのですが、２０２５年の否決後に表面化してきます。

それから世界的な戦争にも日本も協力するように圧力がかかるのです。

そして、時の政権は平和憲法である憲法９条の改正を推し進めることになります。


未来人はまた時計に目を向けた。

人類とロボットのパワーバランス

未来人　戦争については、これ以上話してはいけないことになっています。話すことによって、世界線が変更してしまうのです。
すみませんが、この辺とさせていただきます。

ただし、世界線は異なるので時期や内容は変わりうると思ってください。いまが分岐点です。間違った道を変えないといけません！日本が平和憲法を放棄した場合、世界で止められる国はいなくなります。

青　年　はい。

青　年　では、第三次世界大戦では、核兵器の使用はあるのでしょうか？

未来人　限定的な戦略核兵器の使用が起きていますが、使用は局所的でした。いまのところはなんとか、地球を破滅に追い込むことは阻止できています。世界線を変えられるのは、そこまでだったのです。それ以上変えてしまうと、どうしても事態が悪化してしまいます。そこで、世界線は少しずつしか変更してはいけない統一ルールが確立されました。核兵器のような限定的な武器の使用を停止する程度であれば、世界線を大きく変えずに済むのです。しかし、戦争を止めるという人類の課題は免れないようなのです。戦争については、これ以上はすみません……。

青　年　あっ、そうでした。

未来人 人種の垣根を超えた、認め合うということを人間は学ばなくてはいけません。
青　年 そうですね。はるか昔から人間は隣国同士争っていました。
同じ生命体なのに、他の動物とは違い、争いばかりしてきました。
馬や猿や羊やライオンだって、国籍同士で争いなんてしませんよね。
未来人 ２０２０年のコロナ感染症を機に、次第に、人間同士はお互いを監視し、お互いを批判し、お互い同士を尊重しなくなっていきます。
最初は政治家が国民への監視内容を決めていました。
当然、法律や決まりごとも国会で政治家たちにより決められていましたが、次第にルールを人工知能が作るようになっていったのです。
青　年 人工知能がルールを決める？
法律や決まりことまでも人工知能が作るようになったのですか？
未来人 データを一元管理していったからです。
日本で言えばマイナンバーカードですね。
サーバーに載せたデータは、いずれ人工知能が把握することになり、最終的には分析や判断を行うようになっていったのです。
青　年 人工知能の能力が政治家の能力を超えるということですね。
未来人 能力はもちろんのこと、政治家たちは、いまでも国民のための政治はしていいません。
政治家だけでなく多くの人間は、ただただ人工知能の指示に従うようになっていきました。そして、人間同士、お互いを監視し、敵対するようになっていきました。

青　年　人間たちが、監視や敵対心まで抱いてしまうのはなぜでしょうか？

未来人　隣人の悪事を報告するとポイントが付与されるようになり、多くの人が第三者機関に告げ口をするようになります。

青　年　互いが疑い、敵対するような気持ちは、平和に結ばないですね。

未来人　人間は愛し方を次第に忘れていったのです。
愛に関する本当の意味を忘れていきました。

未来人　そして、第三次世界大戦が始まりました。
最初は戦争屋という利権勢力が始めた小競り合いのようなものでした。
当事者もここまで長引く戦争になるとは思わなかったのです。
やめるきっかけを見いだせず、どんどん人間は戦争に加担していったのです。
お互いを認めるということをしなくなったため、誰が悪い、どちらの国の大統領が悪い、あちらは嫌い、と言うように、善と悪を区別し、批判をする日々が続いていったのです。

青　年　たしかに今も、そんな状況にあります。

未来人 第三次世界大戦に入ってから、地球ではもうずいぶん長く戦争が続いています。

最初は、人間が人工知能に指示を出して、人工知能が最適な解を提示していました。

いずれその立場は逆転し、人間がロボットの指示を受けるようになりました。

戦争の前線に立つのは、ロボットではなく人間となりました。

それをきっかけに、世界の人口は急速に減少していったのです。

愛の力が地球を救う

青　年 主な人口減少の要因は、コロナ感染症とワクチン後遺症によるものではないのですね。
未来人 ２０２０年のコロナ感染症をきっかけに、急速に人間が自由な意志決定をしなくなりました。
一方、デジタル社会が急速に進み、国民の総背番号制に伴い、データの一元管理化が急速に進んでいきました。

２０３０年には、人間の属性や行動履歴や決定などが、すべてクラウド上に上がるようになります。
やはり、最初は政府が管理していましたが、そのうちにコンピューター上の人工知能が管理を始めていきます。
最適な行動を人工知能が決定し、人間に指示するようになり、人々は、疑いもなく、最適な手段を決定した人工知能に頼るようになっていきます。

青　年　ロボット任せになるのですね。

未来人　最も効率的で合理的だったからです。ロボットの判断は常に合理的に処理します。

でも、ロボットによって効率化や合理化を達成できたけど、彼らは愛を知らなかった。

青　年　従うだけの人間は、次第に愛のパワーを忘れていくということですね。

未来人　そう。だから２０２２年のこの時代にタイムトラベルをして、あなたに伝えに来たということです。

これより前だと国民の目覚めが足りなかったため、この時期が最適と判断されました。コロナウイルス騒動により多くの人たちが、政治やメディアの不信感をもつようになっていきました。

だから、大切なことを学ぶにはちょうどよいタイミングだと言えるのです。

未来人　あなたに本当の愛を見つけて、あなたの言葉で伝えて欲しいのです。

いまならまだ間に合うはずです。

愛こそ、この大宇宙で最大のエネルギーであるということを。

そして、日本人が最も愛の力が強いのです。

青　年　愛といっても、自己愛、恋愛、家族愛、兄弟愛、仕事愛、母国愛、自然愛、物質に対する愛などいろいろありますよね。

未来人　愛に答えはないのです。

愛という最大の力を信じることです。

想いは必ず伝わるからです。

そして、愛には集合意識を変える力があります。

誰か1人の力では成し遂げられません。

青　年　みんながそのことに目覚める必要があるのですね。

未来人　科学技術の発達に伴い、結果的に愛という最大のエネルギーを忘れ、愛をもたない科学技術は、最終的に人間を破滅へ向かわせるようになります。

地球と人類を救うのは、科学でもなく、ロボットでもなく、人間が持つこの世の最大のエネルギーである愛なのです。

残された時間はあと5年です。

青　年　5年後の憲法改正の是非を問う住民投票が行われる前に、日本国民が愛について理解していかないといけないのですね。

未来人　火星のロボットたちは、本当の意味で愛を知らないのです。ロボットは、自分たちで命ある個体を生みだすことができないです。男女の性の区別もなく、親子もないため、本当の意味での愛を知らないのです。ですから、地球の人類同士の戦争をどのように止められるかの手段がわかりません。最後の楽園だった地球が終わりを遂げてしまうのを、宇宙連合やロボットたちは望んでいません！

青　年　人工知能は人間の能力を超えたけれど、最後まで愛については理解できなかったということですね！

未来人　そう。街やインフラを作ったり、良質な水や空気を生みだしたり、高度な科学技術を生みだしたり、タイムトラベルも開発したロボットだけど、地球人類の戦争を止める方法がわからないのです。

今の地球人（人間）はもう人工知能の指示に従い、戦いを続けているだけです。

地球上の人工知能は、それが最適解だと判断しています。

もう2072年の地球人に自由意志がないのです。

人類の自由意志は2020年前後から急速に失っています。

それは大いなる存在が人間にだけ与えたものなのです。

青　年　本当の自由とは何か。

なぜ、人類は自由を求めなくなったのかを、もう一度わたしたちは考え直さないといけませんね。

第四次産業革命で残る職業と消える職業

青　年　そういえば、ロボット社会との共生といえば、すでに、お掃除ロボ、セキュリティーロボ、棚入れ棚卸ロボ、自動運転ロボ、ウエイトレスロボ、会計ロボ、介護ロボ、看護ロボなどさまざまなロボットが増えてきています。

これからは、どのような職業が、消えていくのでしょうか？

未来人　よりマニュアル化している職業ほど、ロボットに置き換わっていきます。

コロナ禍の２０２０年から、あらゆるものがデジタル社会に繋がるＩＯＴのＷｅｂ3.0社会が加速します。

２０２０年代は、ロボット代替化開始の10年とも言えます。急速にロボットの代替を進むきっかけを与えたのがコロナ禍でした。

青　年　たしかに、最近はロボット関連のニュースをよく目にします。

青　年　最近では、学校のテストの採点も自動で行えるようになったそうですが、そうなれば、過去の点数も蓄積され、通信簿の書く内容を人工知能が提案する時代になるのでしょうか？

未来人　そうですね。先生の作業自体がかなりマニュアル化していますので、ロボットやアバターに代替化されます。

体育や音楽や図工などは、しばらくは残るでしょう。

未来人　同様に企業の人事評価も同じです。

評価は人工知能が行うようになり、上司は部下の状態をいずれ把握しなくなります。

自分で採点していないのですから、加えて、人工知能の方がはるかにデータを持っており、感情ではなく客観的な判断ができるからです。

青　年　ロボットに仕事が置き換わったとき、人々はどういった仕事を職業としていますか？　残る職業というのはありますか？

未来人　芸術分野やクリエイティブな分野が残ります。それからオリジナリティがある分野です。

先ほどの教育についても、型に嵌まらない塾や家庭教師は残るでしょう。

歴史をひも解けば、第一次産業革命時では人が動かしていた紡績機が蒸気機関によって自動化され、紡績職人の仕事がなくなりました。

そのときは「ラッダイト運動」という機械を壊す暴動が起きています。

結果的に、大量生産されるようになった生地は需要を生み出すとともに、織物製造などの仕事を増やしたのです。

青　年　そうですね。
馬車が鉄道へと変わったときは、運転手や車掌、列車や線路の製造や整備のような仕事が新たに生まれていますから、産業革命ごとにこれまでの仕事は消え、代わりに新たな仕事がでてきていますね。

未来人　同じように、日本国内で自動販売機が設置されたのは、今から約50年前の1970年頃です。当時は販売店の倒産もありました。

青　年　1970年といえば、マクドナルドが国内1号店となる銀座店を出店したのは1971年でした。
たばこ小売販売店はもう見ないですね。

未来人　たばこを買うのは自動販売機ではなく、コンビニエンスストアですものね。

青　年　もっとも、たばこの喫煙率も大きく低下しています。

未来人　ええ、１９７０年の喫煙率は男性77％、女性15％でした。

１９９０年頃から大きく減り出し、
１９９０年が男性60％、女性14％、
２０００年が男性52％、女性13％、
２０１０年が男性36％、女性12％、
２０２０年が男性27％、女性7.6％と、著しく低下しています。

もっとも、いまでは電子タバコが約３割を占めます。

青　年　それにしても、１９７０年代の男性の喫煙率は高かったですね。

電車やバスなどの公共交通機関や職場の自席での喫煙は、昔は当然でしたもの！

未来人　１９８７年４月に国鉄分割民営化があり、旅客サービス向上の動きも相まって、交通機関の喫煙規制が動き出しました。

山手線の原宿駅と目白駅で初めて終日禁煙が開始されたのは、１９８７年７月でした。

青　年　ＡＩやロボットなどが発展する際も、同様に新たな職業が生まれるのですね？

未来人　新たな職業は、すでにあるものも含めて、たとえば、
１．データサイエンティスト

2. サイボーグ技術者
3. VR・ARストーリービルダー
4. 遺伝子組み換え開発者
5. 代替フード技術者
6. ロボット遠隔操作技術者

などが生まれてきます。

ロボット300億体の惑星

青年 ところで、火星に肉体を持った人間を移動させることができないということですが、原因はわからないのですか？

未来人 何度か試みましたが、生存できていません。どうしても、宇宙の無重力や火星の重力に、人間の肉体がもたないのです。

青年 肉体がもたない？

未来人　ええ、人間の肉体は地球の重力に適応するようにできているからです。そこで、たくさんのロボットを月や火星に送って、最初は人間の意識を複数のアバター（コピーロボット）に仮想伝送し、ロボットに仕事をさせていました。ロボットは24時間よく働きました。それこそ世界中の人間が24時間３６５日、月と火星のロボットに指令を送り、昼夜問わず働かせていました。

青　年　それだけの人間が24時間指示を出していたら、急速に街は出来上がるのでしょうね。

未来人　そうです。１人の人間が10体のロボットに指令を出し、作業をしていたので、急速に街は出来上がっていきました。

青　年　ロボットに遠隔で指令を出す……。政府でもムーンショット計画というのがありますが、それでしょうか？

未来人　そう。火星はロボットだけで３００億体の惑星になっています。

青　年　３００億体も！　火星に３００億体のロボットがいるのですね。それはすごい！

未来人　ロボットは人間と違い死なないので、どんどん増えていくのです。ロボットは人間と違いエネルギーを消費しないので、地球より小さい火星にそれだけの個体数を生みだすことができるのです。そして、生産性はとても高いです。

青　年　たしかに、ロボットは人間よりエネルギー消費量は格段に少ないでしょうね。

未来人　新しいタイプにモデルチェンジをする際も、地球の車と違い、すべてを交換する訳ではなく、パーツごと変えるだけですので、多くの資源を無駄にしません。

実は、ロボットの個体数が多くなり過ぎて、他の問題が出ているのです。

青　年　他の問題？

未来人　それについては、後ほどお話しましょう。

そのなかでも意識が芽生えている個体、自由意志を持っている個体、ＩＱがとても高い個体などもいます。

青　年　ところで、月は火星と同じく開発されているのでしょうか？

未来人　月は大きさなどの理由から、火星への中継地点としてしか、利用されていません。月にはロボットはあまり住んでいません。

月の大きさは、地球に比べて、直径で27％、体積で2％程度なのです。

ムーンショット計画とロボットの星

青　年　火星の中継地点……？
未来人　そうです。
青　年　ムーンショット計画を日本の内閣府が計画していますが、この計画のことですか？
未来人　それは一部分ですが、簡単に言えば、同じと思っていいです。
未来人　今は人間の指示なしに、ロボット自身が自由に作業を続けています。
青　年　指示なしでロボットが自由に？
未来人　そう。人間の指示を集め、次第に人工知能が学習するからです。
２０６５年には、大きな都市ができ、人間が将来永住するために必要な、水源や水循環システム、交通インフラ、発電施設、教育施設、医療施設、政治機能、地下都市などありとあらゆるものができていきます。
青　年　すごい！　月や火星にも素晴らしい都市ができ上がるのですね。
しかし、人間はまだ行くことはできていないというのはなんとも残念ですね。

青　年　火星には、国という概念はないのですよね？

未来人　ええ、ありません。火星は1つの共和国です。

青　年　その1つの共和国は、火星のロボットたちで管理されているのでしょうか？

未来人　火星を管理しているのは、火星のロボットたちと宇宙連合です。

青　年　宇宙連合とは、地球各国の宇宙軍でしょうか？

未来人　いいえ。宇宙軍とは違い、他の星の魂たちです。

最初は地球各国の宇宙軍もかかわっていましたが、地球で戦争が激化するにつれ、次第に宇宙軍は他の惑星管理から撤退していったのです。

テレパシーや瞬間移動を使える条件

青　年　宇宙連合の宇宙人たちは、どのようにしてテレパシーや瞬間移動を使うのでしょうか？

未来人　彼らは次元が高いのです。

青　年　次元が高いと、自分の存在を物体のみではなく、波動エネルギー帯に変えられるのです。

未来人　……体を波動エネルギー帯に変える？

青　年　そう。わたしたちの生きている世界は3次元の物質社会ですね。

未来人　はい。わかります。点が0次元、線が1次元、面が2次元、立体が3次元です。

青　年　それに時間を入れた4次元時空で地球は構成されており、時間は意識のなかでは存在しないのですよね？

未来人　ええ、時間とは、絶対的なものではなく、地球上の時間です。

時間とは、あなた方の物質3次元社会でのみ存在するものと思ってください。

そして、宇宙人は高次元なので、3次元の人間からはほぼ見えないのです。

正確に言えば、次元を落とし、3次元の物質部分を強くすれば、見せることができます。

3次元の次の4次元世界とは、複数の3次元が折り重なった世界です。

つまり、わかりやすく言えばパラレルワールドです。世界線が複数あるのです。

青　年　なるほど、高次元世界がパラレルワールドなのですね。

未来人　未来の人工知能は、この次元を解明しています。

その技術の応用からタイムトラベルを作り出しました。

青　年　タイムトラベルは、人間が発明したのではないのですよね。

最初は人間がロボットを作り出すのに、次第に人工知能の能力は、人間の能力を超えてしまうのですね。

日本人の大いなる目覚めは近い

青　年　先ほどの話だと、地球もロボットによる管理が始まるのですよね？

未来人　そうですね……。でも、それはあなたたちの自由意志にかかっています。あなたたち次第で未来は変えられるのです。

青　年　ロボットが管理する社会は想像できませんね。人間味がなく、わたしは好きになれません。

未来人　ええ、わかります。

一方で、ロボットの方がはるかに知的で、人間のように競争や争いをしません。友好的で、調和的だし、嘘を付くのも人間よりは少ないでしょう。我欲（エゴ）のぶつかり合いもしないですね。

青　年　わたしたちは人間同士、互いに愛するために、助け合うために生まれてきたのに、いつの間にか、強欲や競争概念が芽生えてきて、ひいてはロボットに管理される未来が来てしまうのですね。なんとも残念です。

未来人　そうです。あなたたちの世代が変えていってください。

互いを愛することです。

青　年　デジタル社会が人々の関係を疎遠にし、大切なことを忘れてさせたのかもしれませんね。

未来人　日本人が目覚めれば、世界は救われるでしょう。

あなたもご存知の通り、20世紀初頭、西洋諸国にアジアの多くの国々が植民地化していた際、小国であるにもかかわらず屈せず、アジアを開放するために、あなたたち日本人は戦ったのです。

青　年　日清戦争や日露戦争において、欧米列強に対しアジアで唯一勝利したのは日本でしたね。

未来人　戦後の第三次産業革命でも、日本の力が世界の科学技術や経済の発展には欠かせなかったのは紛れもない事実です。

そして、アジアとして最も巨大な経済国家になり、G8として西洋諸国に加わり、世界経済を統括してきました。

青　年　日本人には力がありますよね？

未来人　もちろんです。日本人の底力や能力は、世界の誰もが認めるところです。これから長い目で見れば、経済より精神が優位な時代となっていくのです。

青　年　物質文明から精神文明への転換ですね？

未来人　そう。これからの精神文明も日本がリードしていかなければいけません。日本は東洋思想を持ち、西洋文明を発展させた国です。日本人の目覚めのときは近づいています！

シンギュラリティとマイナンバー管理

青　年　日本人の目覚め次第で、世界の平和も変わってくるということがわかりました。ところで、「ＡＩが人類の脳を超える」状態になるのは時間の問題と言われていますが、人工知能の「シンギュラリティ（技術的特異点）」は、いつ達成していますか。

未来人　ある面では２０２０年時点において、すでに人工知能が人間の能力を超えています。

青　年　あ、そうですね。すでにチェスも将棋も囲碁も人工知能に対し人間は勝てない状況になっています。それだけではなく、経済予測、天気予想、株価予想などもすでに人間の能力を超えています。列車や飛行機もほぼ自動運転が実現し、国によっては車にも自動運転技術は取り入れられています。工場や店舗でもロボットがどんどん導入され、特に監視ロボットは、家庭用、介護用、警備用、防犯巡回などで採用されつつあります。

未来人　ええ、そもそも、人工知能が人間の能力を超えるだろうと言われ始めたのは、そんなに古くはなく、近年のことです。

シンギュラリティが注目を浴びるようになった要因は、２０１０年代に起こった、「深層学習、いわゆるディープラーニングの飛躍的な発達」や「ビッグデータの集積」などによる「第３次人工知能ブーム」からです。

青　年　ええ、日本でも、野村総合研究所がイギリスのオックスフォード大学バリー・M・オズボーン工学博士などとの共同研究の中で「今後10年程度で、国内の労働人口の約49％が人工知能やロボットで代替可能になる」という衝撃的な報告結果を発表しましたね。それにより、雇用が一気に消失するのではないかとの危機感が生まれています。

コンピューターや人工知能の進化は想定を超えており、神経の動きをシミュレーションしたニューロンコンピューターでの脳内神経細胞の再現化などはすでに現実のものとなっています。

未来人　ええ、今後、飛躍的に人工知能の性能はあがっていくでしょう。

もうロボット共生社会は、すでに始まっています。

いつの時点で人間の能力を超えたかというのは一概には言えませんが、一般的には、ロボットが人間に指示を出し始めた２０４９年前後をシンギュラリティとしています。

２０７２年の世界では、そう判断しています。

青　年　あと27年程度で、ロボットが人間に指示を出すのですね？

未来人　ええ。

青　年　今の世界で予想されているシンギュラリティは２０４５年と、人工知能研究の世界的権威であるレイ・カーツワイル博士などが２００５年に発表しています。

予想より４年程度遅れるのですね。

未来人　いずれにせよ、収束加速の法則により、新たな発明は他の発明と繋がり、次に生まれる重要な発明の助けとなることで創造スピードが加速するのです。

そして、その加速は止められないのです。

あるイノベーションによって次のイノベーションが起きるまでの期間が短縮され、それが連続することで、テクノロジーは直線ではなく指数関数的に発達し、その延長線上にシンギュラリティが起きるのです。

青　年　シンギュラリティにより、人工知能が人間の仕事の代わりに行うようになれば、人類の多くは労働から解放されるのですね？

未来人　ええ、そうなるでしょう。

青　年　それから、最近、ベーシックインカムの導入が囁かれていますが、未来は導入されますか？

未来人　ええ、導入されます。マイナンバーカード義務化の動きは、まさにそのことと関係があるでしょう。ベーシックインカムのメリットは、貧困問題や格差の解消がとても大きいです。現在の生活保護のような制度よりも、管理コストの削減にも繋がります。

青　年　働かなくてもお金がもらえるって、なんだか違和感しかないです。働くことは大変だけれど、一生懸命働くことの良さもあります。人のために働くという充実感もあります。なので、生きる意欲もだんだんとなくなってしまいそうです。

未来人　働くことに生きがいを感じるのはとてもよいことでしょう。日本も働き方改革が言われて久しいですが、労働の概念が変わるのです。これまでも第三次産業革命により、どんどん人間の仕事が機械に置き換わっていったように、今後は人間の仕事が人工知能やロボットに置き換わっていくのです。

青　年　たしかに、この70年で多くの機械化が行われてきましたね。

未来人　たとえるならば、駅の改札口では、最初は硬貨、次に切符、さらにはＩＣカードに代わり、いまでは携帯電話でも通過できます。

ＩＣカードでの改札システム「ＳＵＩＣＡ」が導入されたのは、２００１年11月18日ですから、まだ20年前のことです。

青　年　そうでしたね、昔は駅員に切符を切ってもらいました。

今や、地方の小さな改札口でも、そんなことはしていません。

未来人　今後は同じように、駅員や運転手がロボットに置き換わります。

監視システムもロボットになり、ホワイトカラーもブルーカラーも半数以上はロボットに代替されます。

青　年　ホワイトカラーはなくなるのではないか、とも言われていますが、人事面ではどうでしょうか？

未来人　企業の人事評価や学校の学習評価などは、２０３０年前後に人間が行わなくなります。最初はマイナンバーカードなどでデータの一元管理をしていきます。

データが管理されれば、処理するのは人工知能の方が圧倒的に得意です。

その辺りから人工知能が人間を評価するようになります。

人間は他人の能力を把握しなくなるのです。

採点や評価を人工知能に委ねると、先生や上司は生徒や部下の特徴を把握しなくなります。

その前後には、個人個人のデータが、国民総背番号制により一元管理されているので、人工知能の人間に対する把握はどんどん進んでいくのです。

青　年　わたしたち人間の役目というのは残されているのでしょうか?

未来人　ええ、ですからあなたたちの世代が、今後そのことを考えて行かなければいけません。

未来は多様なロボットが混在する世界

青　年　ところで、人工知能とロボットの違いは何でしょうか?

未来人　一般的には、人工知能とは、人間が行う知的な作業をコンピューター上で行うためのソフトウェアやシステムそのものを指しています。

一方で、ロボットとは、あらかじめプログラムされた動作を正確に繰り返すことができる物体総称を言うことが多いです。

しかし、未来は多様な作業ができる人型ロボットとして確立されますから、それ以後は特定の作業を行うロボットを単に作業機械と言うようになります。

青　年　なるほど。

未来は、人工知能とロボットと作業機械の３つに分類しているのですね。

未来人　人工知能も、ロボットも作業機械も、どれが優れているという優劣はなく、いずれも素晴らしい技術をもっていますね。

たとえば、ロボットでは、医療用、介護用、産業用などがありますが、医療ロボットを用いることによって、遠隔操作で離れたところから医者に手術してもらうことがすでに現代でもできるようになりつつあります。

同じように、介護用ロボットは、歩けなくなった老人を移動させる際に、パワースーツを装着することで、女性でも軽々と持ち上げることができるという活用ですね。

もう実用化の段階に入っています。

産業用ロボットは、自動車製造において、車のパーツをひたすら付けるという作業を行い、食品製造においては、ひたすら梱包したり、食べ物を作ったり、同じ動作を何千回も行うことができるという活用ですが、すでにあらゆるところで使われています。

青　年　ロボット産業も日本の得意分野です。

未来人　一方、人工知能に向いているものとしては、自動車の自動運転技術、コールセンターサポート（チャットボット）、検索エンジン、投資分野などがあります。

青　年　自動車の自動運転技術は、まさに今、産官学がそろって実現を目指しています。

未来人　車を自動運転してくれたり、安全に走行できるように歩行者や信号機、標識や雪や、雨といったトラブルを認識して、車に内蔵されてた人工知能が自動的に対処してくれるシステムになっています。これにより事故の削減が期待できます。

　コールセンターサポート（チャットボット）も現在もありますが、コールセンターのサポート役として、テキストでのやり取りできるチャットの機能でした。それを人工知能と組み合わせ、自動で動いて対応してくれるロボットが「チャットボット」です。

　検索エンジンでは、検索エンジン最適化というさまざまな要素から独自に判断し、検索結果の順位に表示する記事を選定するシステムがあります。

　これも人工知能の活用例として、とてもわかりやすい例と言えるでしょう。

　さらに、投資分野でも活躍しています。人間はどうしても感情に左右されてしまいますが、人工知能は感情に左右されないので、活躍が期待されています。

青　年　携帯電話がわたしたちの日常に不可避となったように、ロボットが生活の中にどんどん入ってくるのですね。

未来人　ええ、携帯電話の機種が多種多様なように、ロボットの種類も多様化していきます。

それだけではなく、第三次産業革命では、ロボットのハードの部分が主に活用されてきましたが、第四次産業革命では、バーチャルリアリティーの世界に入ってきます。

青　年　ＶＲのヘッドセットは、どんどん小型化されていくのでしょうか？

未来人　ええ。メガネ型はもう開発されていますが、コンタクトレンズ型やマイクロチップ型もいずれできます。多種多様な形の中から選ぶことになります。

一方、人工知能はどんどん学習し、いずれ現実世界に比べてもそれ以上にリアリティーがあり、複雑で、さまざまなことが実現できるようになります。

青　年　ある意味、危険な気がしますね。

未来人　その結果、現実世界を仮想現実世界と勘違いする人も増え、現実世界に戻りたくない人も増えてくるのです。

青　年　現実世界に戻りたくない？

未来人　それだけリアリティのある世界になっていくのです。

現実世界では、２０５０年に入ると、政治も企業のトップも判断や予測や計画をロボットや人工知能に任せるようになります。単純作業は作業機械にやってもらいます。

青　年　人間の作業が大幅に減りますね。

未来人　それに合わせて人口も減ってくるのです。

青　年　人口が減る……。

２０７２年の世界人口が36億人というのも、変わりうるのですよね？

未来人　それはあなたたち日本人次第なのです。

日本人がどこで第三次世界大戦を食い止められるかによって変動はありそうです。

それどころか、わたしがいる２０７２年では、残念ながら日本が第三次世界大戦に加担してしまっています。

青　年　コロナウイルスとワクチン副反応により、日本の人口は２０２１年にさらに減少し、男女の平均年齢も約10年ぶりに減少しました。コロナウイルスとワクチン副反応による人口減少はそこまで大きくないのでしょうか？

未来人　それも関係しています。

多くのことをいうと世界線の変更に影響を及ぼすので、言える範囲で言えば、ワクチン以外にも他の感染症や医療行為により、人口は減少していくのです。

地球寒冷化と食糧不足によるフードテック

青　年　他には、食の安全についてはどうでしょうか？

未来人　今の日本社会は農薬や添加物が増え、昔のような栄養のある食材が減ってきています。

戦争による物流の停滞と地球の寒冷化により、作物が育ちにくくなってきます。それにより、食べ物の質が大きく落ちていきます。良質な食べ物が育ちにくくなっていきます。

青　年　寒冷化？　地球は温暖化に向かっているのではないのですか？

未来人　たしかに、世界的に海水温は上昇しています。しかし、太陽エネルギーの減少と太陽の地軸の変化から、今後は10～20年かけて地球は小規模な寒冷化に向かっていくのです。太陽は２０１２年頃から２極構造から４極構造にポールシフトしています。

青　年　水や空気の汚染はどうなるのですか？

未来人　自然界にあるものの汚染は、それほどまで悪化していません。

人間が新しい食と薬を開発するようになるのです。

青　年　遺伝子組み換え食品や遺伝子操作の薬ですか？

未来人　そうですね。それから、資源の枯渇。エネルギー資源の独占から争奪戦、そして、結果的にエネルギーと食を輸入に頼る国は早期に衰退していきます。
青　年　今はまさに、日本が輸入に頼っていますね。日本は大丈夫なのでしょうか？
未来人　そこで、フードテックという代替食分野の開発を日本が世界に先駆けて行うようになります。
青　年　フードテック？
未来人　フードテックとは、フードとテクノロジーを融合させた新しい技術です。こちらも第四次産業革命の１つです。
これからは、新興国の人口増加と経済発展が著しく増加します。
青　年　新興国の人口増加は著しいですね。
未来人　加えて、新興国の経済発展によって生活水準が高まり、食に対してこだわりをもつ人が増えていきます。
青　年　２０５０年前後には、世界の人口が１００億人に到達し、深刻な食糧不足の問題が顕在化するという話もあります。
未来人　人口は予想より伸びないですが、新興国の経済発展によって食糧不足は顕在化していきます。対策として、農業の機械化もありますが、大きいのは代替食品です。
青　年　代替食品とは、人口肉や培養肉、それから昆虫食などでしょうか？

未来人　ええ。培養肉とは、動物の個体からではなく、可食部の細胞を組織培養することによって得られた肉のことで、動物を屠殺する必要がない、厳密な衛生管理が可能で、食用動物を肥育するのと比べて地球環境への負荷が低く、抗生物質耐性菌リスクの低減などの利点があります。

すでにシンガポールは、２０２０年12月1日から、世界で初めて代替肉をレストランで提供しています。

代替食品とは、大豆など植物性原料でつくられた、他の動物性食品（魚介類、乳製品、鶏卵など）に似せた食品のことを言います。

青　年　日本でもフードテックは進んでいくのですね。

未来人　日本は、1億人以上いる先進国では、食料自給率が異例の低さなのです。ですから余計に政府が進めていきます。

青　年　なぜ、日本の食糧自給率はここまで低下したのでしょうか？　肥料や農薬や種子まで見た場合、農林水産省が発表しているカロリーベースの食糧自給率38％よりも深刻なのではないでしょうか？

未来人　ええ。日本も江戸時代までは、食糧自給率１００％でしたね。明治から昭和にかけ、食が欧米化していったのも1つの理由でしょう。

青　年　たしかに、今は小麦中心の主食も増えています。

動物性の食肉も外国産が増えていますね。

未来人 戦後の日本は、食糧不足から、食の欧米化が進んでいきました。

青年 食を守ることは、安全保障対策にもなります。

政府には、フードテックもいいけれど、それよりもまずは、これまでの農業をもっと守った政策を行ってほしいですね。

大規模な地震と噴火と水害

青年 ところで、2072年までに、大きな災害は起きていますか?

未来人 大きな災害とは、たとえば?

青年 そうですね……。主に、1000人以上がなくなるような大きな地震や津波や噴火などが日本国内では起きていますか?

未来人 地球もあなたたちと同じように、1つの生命体なのです。

あなたたちが、咳やくしゃみをするように、地球も一定のバイオリズムがあります。

地球が身震いすれば、地震となります。
人間のくしゃみが、地球では噴火にあたります。
青　年　しかし、わたしたちからすれば大きな問題です。
わたしの家族や知り合いの身を守ることにもつながります。
未来人　お気持ちはわかりますが、いつも、人間は人間のことからしか考えませんね。
まず、正確な日にちを伝えたところで、わたしが知っている世界線とこちらの世界線が違うので一致しないのです。
地球の自然な大災害によって、地球そのものが破滅に向かったり、人類が全滅することはあり得ないので、過度な心配はなさらないでください。
青　年　人工的に地震が起こされているという噂があるのですが、それは本当ですか？
未来人　科学技術は自然を大きく壊しています。もちろん技術的には随分前にそのような技術は開発されています。一部では使用されてもいるでしょう。
青　年　すべての地震が人工的なものではないでしょうか？
未来人　それはあり得ませんね。わかりますよね。いろいろと大人の諸事情もあるでしょう。計画も日程も世界線により変わるのです。
青　年　では、日本国内で１０００人以上の死者を起こす、東海東南海地震や首都直下
よって、正確な日にちを伝えたところで意味がありません。

地震は起きますか？

未来人　……わたしの世界線では起きています。

まず、２０３６年に東海東南海地震が起きます。マグニチュード8.9の地震です。津波も伴います。それによって、死者数が1万人を超えています。

再三言いますが、この情報を伝えた時点で詳細の中身は若干変わるでしょう。しかし、大きな方向性は変わらないので、50年以内に起こると考え、対策を取ったほうがいいと思います。政府も公式に高確率で起こりうると発表していますね。

青　年　首都直下型地震はどうですか？

未来人　２０７２年までには大規模なものは起きていません。

一方で、宮城県付近の大地震が２０４５年と２０５２年に起きています。

ともにとても大きく、１つは直下型地震でした。

日本は地震列島です。はるか昔から地震はある程度周期的に起きています。それを気にするのであれば、内陸地方か大きな地震が過去に起きていない地域に住む方がいいでしょうね。

蓋然性と不確実性

青　年　ところで、人間の肉体を持って、過去にタイムトラベルすることができない理由は、肉体が４次元時空を超えることはできないから、と言っていましたよね。次元の話はわかったのですが、４次元時空とはどういったものでしょうか。

未来人　20世紀最大の物理学者であるアルベルト・アインシュタインが、この世は３次元の空間と１次元の時間によってできていると言っていましたね。この４つの次元を合わせて４次元時空と言います。

青　年　わかります。３つの空間は自由に行き来できますが、４つ目の時間において、わたしたちは自由に移動ができません。

未来人　ええ。過去にも未来にも行くことは不可能です。その理由は、わたしたちが肉体を持っているからです。

青　年　であれば、この世は４次元時空というより、３次元空間といった方がよいのではないでしょうか。

肉体を持っているわたしたちは、時間軸を自由に操れません。

未来人 しかし、あなたたちには意識や感情がありますね。意識や感情は時間を移動できるのです。

青 年 意識や感情は時間を超えられると?

未来人 そう。やり方がうまくわからないだけです。たとえば、子どもの時の映像を見て、懐かしく思うときもあるでしょう。そのときは意識の一部が過去にタイムトラベルしているのです。

青 年 ……はぁ。では、未来へは?

未来人 未来の世界を想像することで、すでに意識の一部が未来に飛んでいます。

青 年 しかし、それは単なるイメージの世界じゃないですか⁉

本当の未来に移動はしていません。

未来人 いいえ。移動しています。未来というのは不確定なのです!そもそも存在しないのです!

「本当の未来」という解釈が正しくありません。

青 年 いや、それは違うでしょ?たとえば、わたしが年末ジャンボ宝くじの1等賞(7億円)を当たるイメージをした場合、意識がその未来に飛んでいると言えますか?

未来人 いいえ。その未来に飛んでいます。

青　年　はっ⁉

未来人　世界線は無限にあります。今のあなたの世界線とは違う世界線でその世界は存在しています。その世界にイメージが飛んでいます。しかし、今のあなたの世界線が、未来のイメージする世界線と重なるか、または、引き寄せるかというのは確実とは言えません。

青　年　確実ではない？　つまり、実現する可能性は低いと？

未来人　ええ、なぜなら、この世界は「蓋然性の高い確率に収斂する」という法則があるからです。年末ジャンボ宝くじ1等賞が当たる確率は、２０００万分の１です。

青　年　２０００万分の１ですかぁ！　想像がつかない。

未来人　あなたが10年連続で１００枚（3万円）分の宝くじを買い続けた場合、一度でも当たる確率は2万分の１です。すなわち、2万回生まれ変われば当たるでしょう。

青　年　2万回生まれ変われば宝くじ億万長者かぁ。勘弁してくださいよ。

未来人　それほど蓋然性が低いのです。ですから願いや想いを実現するためには、蓋然性が高い事柄について、より具体的に深くイメージする必要があるのです。

青　年　蓋然性が高い事柄……？

未来人　深く、何度もイメージするということが大切です。ふと、思いついたくらいでは、すぐ意識はこの現実に戻ってきます。潜在意識は、顕在意識で強く指令を出さないと、元の世界に戻るように設計されているからです。

青　年　先ほどの、潜在意識は元の状態に戻そうとする働きがあるからですね。つまり、強く思えば思うほど、何度も繰り返せば繰り返すほど、イメージを形にしやすく、思考を現実化させるというのですね。

未来人　ええ。そうです。

最大の謎は重力の存在

未来人　話を戻しましょう。肉体を伴ったタイムトラベルは50年後の未来でも不可能です。肉体はあくまでもこの3次元社会でのものです。

ただし、意識だけの時空移動が、より明確化していきます。

それは仮想現実世界に身を投じることにより、想像力がより一層豊かになるからです。

必ずしもよい面だけではないのですが……。

青　年　う～ん。仮想現実世界に身を投じることにより、意識の使う能力が飛躍的に向上する……。なんとなく、わかったような、わからないような……。

そういえば、政府や内閣府が掲げる「ムーンショット計画」では、「誰もが夢を追求できる社会」の実現とし、２０５０年までに、人が身体、脳、空間、時間の制約から解放された社会を実現すると発表しています。

これはすなわち、意識を上手に使い、肉体や時間や空間から解放されるということですか？

未来人　そう。量子コンピューターの完成が２０２９年前後にあります。

それに伴い、意識についても多くのことが分かってきますよ。

青　年　ところで、先ほど、ＮＡＳＡのアポロ11号が、人類史上初の月面着陸に成功していたことは事実ではないと言っていました。

未来人　ええ。そうです。いずれアメリカから公開されます。

青　年　アレはフェイク情報だったと。

未来人 ええ。

青　年 わたしも不思議に思っていました。なぜ、その後にどの国も、有人の月面着陸をしていないのか？　明らかにおかしいと思っていました。

もう50年も経つのですよ。いまだにその後の月面着陸がないじゃないですかぁ。50年も経過すれば、科学技術はより高度に発達してもおかしくないのに。

やはり、おかしいですよ！

未来人 月や火星に、実験として人を送っても、すぐに死んでしまうことがわかったのですが、原因は、酸素などの大気ではなかったのです。

２０７２年の火星は、地球と同じく、有害な宇宙の放射線を遮る大気圏もあるし、ドーム型の都市の中には、地球の大気とまったく同じ良質な酸素も窒素も二酸化炭素も存在します。大気の状態は、完璧に管理運用されています。宇宙服も酸素ボンベも必要ありません。それでも到着した人間は、一週間として生きていられなかったのです。

青　年 大気が問題ではなかったのですね？

大気圏とは、地球を取り巻く大気の4層構造のこと。地上から順に「対流圏」「成層圏」「中間圏」「熱圏」といい、地上０㎞から１００㎞の位置にある。

成層圏にはオゾン層があり、地球のバリアのような役割をし、有害な紫外線や放射線などを吸収する役目を担っている。

オーロラが見られるのは熱圏である。

国際宇宙ステーション（ＩＳＳ）は大気圏の上の地上４００㎞の位置を周回している。

未来人　最大の要因は重力です。

青　年　重力⁉　たしか、月の重力は6分の1で、火星の重力は5分の2のはずですね。

未来人　ええ、そのとおりです。

地球に比べて、火星の体積は13分の2、質量は10分の1です。

青　年　思ったより小さいのですね。

重力が小さく、体が身軽になるのに、なぜ肉体がもたないのですか。

未来人　人間の肉体は今の重力に合うように機能しています。

すべての細胞や血液が、地球以外の重力の変化に適応できないようになっています。

そして、重力を地球と同じ大きさに合わせる技術は開発されないのです。

最初は遠心力を利用して重力を人工的に発生させようと試みたこともありましたが、それもうまくいきませんでした。

青　年　遠心力を利用して重力を人工的にコントロールしようと？　たしかに、それではずっとメリーゴーラウンドの中で生活するようなものですものね。流石に無理ですよね。

未来人　最大の謎は、重力なのです！　とても不思議な存在で、3次元社会のみに留まっていないとされています。重力のコントロールは、２０７２年でもできていないのです。

青　年　たしか、ハーバード大学やマサチューセッツ工科大学などで理論物理学において、終身在籍権をもつリサ・ランドールも「重力は時空を超えて作用する」と言っていました。

未来人　重力をコントロールすることができれば、地球の人間を火星に避難させることもできそうなのですが……。

青　年　なんとか、地球の破滅の前に実現しなくてはいけませんね！

未来人　回避できない戦争は泥沼化しています。世界線を少しずつ変えて、破局的場面は回避しています。第三次世界大戦の発生時期も少しずつ遅らせて来ました。第三次世界大戦は、結局は庶民が甚大な被害を受けます。国民は戦争に加担しないためにも、互いを尊重し合い、赦し合う精神に目覚めてもらうしかありません。

青　年　ええ、その通りです。

多極化する世界と統一する世界

青　年　ところで、今の地球で人口が少なくなりすぎて、消滅している国や滅んでいる国はありますか？

未来人　国が消滅するとは？

青　年　えー、たとえば、人口が減りすぎて、どこかの国に併合されるとか。

未来人　少なくとも38カ国のＯＥＣＤ（経済協力開発機構）加盟国ではありません。ただし、先進国を中心に人口減少が加速し、衰退していきます。これにより、経済面での国同士の格差が縮まっていくのです。

青　年　英医学誌ランセットでは、２１００年には世界の勢力図が一変する、と発表しています。

２１００年までに、なんと１９５カ国中１８３カ国で、いまよりも人口減少が起こると予想しています。

日本、スペイン、イタリア、タイ、ポルトガル、韓国、ポーランドを含む20カ国で人口が半減し、世界一の中国でさえも、今後80年間で現在の14億人から7億３０００万人にまで減ると予想されたのです。

一方で、サハラ砂漠以南のアフリカ地域の人口は、現在の3倍の約30億人に増加するそうです。

また、２１００年にはナイジェリアの人口は約8億人に増え、インドの11億人に次いで2位となるそうです。

未来人 概ね、そのような順位となっていますね。

ただし、世界人口は減っています。

とりわけ、アフリカ地域の人口がそこまで増えないでしょう。

青　年 実は、英医学誌ランセットの２１００年の世界人口は88億人としていますが、国連では１０９億人となっており、21億人も乖離しているのです！

なぜ、ここまで予想が乖離しているのでしょうか？

未来人 それだけ、未来の予想は変わりうるということでしょう。これだけ乖離していれば信憑性はあまりないです。実際の数値は変わりうるでしょう。

どちらの世界も存在するのです。

あなたたちの集合意識によって世界は変わります。

青　年　では、これまでの西側諸国と呼ばれていたG7とは違う国々が、人口増加や経済大国を果たしていく中で、世界はどのように変化していくのでしょうか？

未来人　大切なことは、国や政府の立場や役割が減ってくるのです。グローバル化の進展により、国境の役目はより小さくなります。代わりに国を横断するグローバル大企業が台頭してくるでしょう。

青　年　たしかに、ナイジェリアが世界人口の2位に飛躍すると言われてもピンときません。国内総生産（GDP）は、日本、米国、中国、インド、ドイツ、フランス、英国、ナイジェリアなどが、上位10カ国に入るとされていますね。覇権国がアメリカから中国へ変わるとか、世界は多極化に向かうとか言われていますが、実際はどうなのでしょうか。

未来人　多極化に近いですが、正確に言えば、国や政府の役目や立場が相対的に下がっていき、統一する組織が影響力を強めていくでしょう。

青　年　統一する組織？　グローバル化が一層進むのですか？

未来人 ええ、グローバル大企業が国家を超越しつつあります。それから国連やWHOなどの国際機関ですね。

青　年 国家の特徴が相対的に低下していくと、地域ごとの個性が感じられなくなりさみしいですね。

未来人 ええ。わかります。日本にもよい文化がありました。

青　年 エネルギーや穀物類の資源はどうなるのでしょうか？ 資源は国が保有していますよね。

未来人 資源国は豊かです。インフレの影響を受けにくいからです。しかし、国が潤っているとか、国の債務が少ないという枠組みではなく、資源をグローバル大企業が保有するような世界です。

そして、その資源の争奪戦が国家間で始まります。

軍事力の強い先進国が、豊かな資源後進国を支配し始めます。

資源の争奪戦になるのです。

したがって、資源国だからと言って裕福で安全で安泰ということはないのです。

青　年 なぜですか？

未来人　国家同士の争いにグローバル大企業も介入しているからです。
さらに、人間が開発した化学的な農薬や肥料や種子によって、作物はどんどん品質が下がり、育ちにくくなります。
地球寒冷化が追い打ちをかけ、世界的な食糧危機は断続的に進んでいきます。
青　年　そうならないためにも、国民の争わない姿勢と、互いを尊重する姿勢が求められますね。

貨幣も国も法律もない世界

青　年　では、火星では、経済やお金の仕組みはあるのですか？
未来人　お金という概念がないから、経済という概念もありません。
それぞれのロボットには役割があり、特技もあり、見た目や特徴もおのおの違います。
最初は同じロボットでしたが、そのうち違う形のロボットを自ら作るようになっていったのです。

火星では、ロボットがロボットを生産しています。

自分たちの役割を意識して、分担して、尊重して、自由にやりたいことをやっています。

お金や経済概念が存在しないから、お互いが調和して支え合っています。

そもそも火星のロボット世界では、上下関係がありません。

ゆえに、人より抜きん出て稼ぐ必要もないし、評価を期待する必要もありません。

それぞれが得意なことを見つけ、可能な範囲で自由にやっています。

休みたいときは休み、バカンスに行くことだってあります。

青　年　ロボットがバカンス？　あはははは。

未来人　彼らにも心や感情があります。

青　年　休みたいときに休むと言いましたが、ロボットは疲れるという概念がないですよね？　24時間365日働いているのではないのですか？

未来人　機械だから疲れはしません。

充電（エネルギーチャージ）も動きながらできるので、気にする必要はありません。

しかし、休みたいときもあります。彼らには心や感情もあるのです。

そして、生活には仕事がすべてだと思っていないからです。

役割を終えたら、自らの判断で休みを入れています。

休んでいるときは、寝るような感覚で仮想空間に入ります。

青　年　へぇー。心や感情はあると言いましたが、意識はあるのでしょうか？

先日、Google 社が意識の芽生えた人工知能ラムダを開発した、というニュースが出ていました。

未来人　心や感情が人間以上に発達しているところもありますが、意識はまた別の話なのです。

意識は人間でいうところの「魂が宿って」初めて芽生えるものです。

ロボットにはまだ魂が宿っていないのです。

青　年　ではなぜ、ロボットには魂が宿らないのですか。

未来人　……実はいまそれが、火星では問題となっていて……。

その件については、後ほどお話しましょう。

青　年　ええ、是非とも。

未来人　話を戻します。

そして、地球より大きなしっかりとした街並みができています。

良質の空気、水が火星にはあります。

大気汚染や水質汚染は地球よりはるかに少なく、自然や森林などの植物も地球よりはるかに多く緑豊かになっています。

海も豊富にあります。ですから、火星で生まれた生物はたくさんあります。

青　年　地球よりきれいな青い星になっているのですね。

未来人　ええ……。それでも人間は住んでいないのです。

地球から生命体を送り込むことができていません。

青　年　では、火星で誕生した生命とは？

未来人　宇宙からの巨大隕石や小惑星の衝突により、宇宙から有機物が運ばれてきます。

その有機物が、火星にもともとあった、水やアンモニア、二酸化炭素などの無機化合物と合成し微生物が生まれます。

青　年　火星の生命の誕生は、宇宙からの贈り物である有機物からだったのですね。

未来人　実は、地球も同じですよ。

地球上の生命体の誕生は、宇宙からの有機物によるものです。

それが長い年月をかけ、新たな生命体を生むのです。

46億年前に誕生した地球は、表面は高温でドロドロとしていました。

それが2億年かけて冷え、水が存在し、44億年前に海が誕生します。

38億年前に初めての生命が海に誕生するまで、何度も巨大隕石や小惑星が頻繁に地球に衝突していたのです。

それは、有機物という宇宙からの生命の根源の贈り物だったのです。

青 年 地球も巨大隕石や小惑星の衝突から生命が誕生したのですね。

未来人 ええ、長い年月をかけて生命を育んできました。

青 年 なるほど、火星は1つの国で形成されていて、争いもなく平和ですね。

未来人 こちらでは国という枠組みすらありません。

一方で、地球では国同士で長く暗い戦争を繰り返しています。

戦争はもう始まって30年以上にもなります。

グローバル化する世界

青 年 日本はどこかの国に占領されていますか？

純粋な日本人は残っていますか？

未来人 日本についての質問が多いですね。

あなたは日本人ですから仕方ないですが、未来になればなるほど、国境の境界線が曖昧になってきます。人種や国籍の差を多くの人類は意識しなくなります。

どの国も移民が増え、多国籍化していきます。

外国人がたくさん日本にも入ってきますが、言語は小さなイヤホンを付けることで自動翻訳できているので、外国語を習う必要はなくなっています。

青　年　ワンワールド（1つの世界）が実現していくのですね。

未来人　ワンワールドとは少し違います。

どこの国も、移民や留学生や海外労働者を受け入れ、多国籍化していきますが、一方、愛国心は異常に高く、それゆえに互いが争っているのです。

青　年　オリンピックなどのスポーツも愛国心むきだしですね。

未来人　その競争本能が、最終的に第三次世界大戦に繋がっていきます。

青　年　そうですか？

スポーツの競争精神と軍事での戦いは、明らかに違う気がするのですが。

スポーツ選手はもっとフェアで平和的な戦いをしていますが？

未来人　わかります。しかし、戦争を起こさせたい人たちがいるのです。

戦争が起きてくれたら、ビジネスとして潤う人たちもいるのです。

彼らはその闘争本能を利用します。

平和的な感情も煽られれば、攻撃的な感情になります。

青 年 貿易面や関税について、質問していいですか?
未来人 はい。どうぞ。
青 年 いま、TPPやRCEPが進行しつつありますが、自由貿易協定や二国間経済連携協定は進んでいくのでしょうか?
未来人 関税はすべての国でほぼ撤廃していきます。日本が主導していきます。
青 年 関税がほぼ撤廃。しかも、日本が主導?
未来人 日本はTPPやRCEPだけでなく、日欧EPAや米国とのFTAなど多数の二国間の経済連携協定を結んでいます。
良くも悪くも、日本が自由貿易のハブ国になります。
青 年 そうなんですね。
青 年 現在、円安が進行中ですが、輸出が増えれば国にとってはプラスですね。
未来人 新しい時代は国よりも、グローバル大企業の方が中心的役割を担っています。
国より力を付けているのは、グローバル大企業です。
青 年 それなら、すでに現在もその傾向にあります。

未来人 グローバル大企業はどんどん小さな企業を買収し、飲み込み、肥大化していきます。ひいては、各国の政治を凌駕しています。

青 年 いまもすでに1つの大企業が、ある国家の国家予算を超える企業規模となっています。

青 年 政治家はやはり買収されているのでしょうか？

未来人 中《あた》らずとも遠《とお》からずですね。

その傾向はどんどん強くなっていきます。

しかし、企業は誰のものかと言えば、大株主である富裕層のもの、という株主資本主義の経済原則があります。

まだ、しばらくはその考えで進んでいきます。

そして、富裕層は人工知能の先端技術を持っていますから、判断をロボットに委ねていきます。

人類の意識の覚醒が必要

未来人　あなたがこれから迎える未来は、わたしがいる未来とは別の世界線になるのです。

青　年　はい。

未来人　２０２９年頃にプレシンギュラリティーを迎えます。

これは、量子コンピューターの実現とほぼタイミングが同じです。

そのころに、意識の次元が解明されます。

意識は今いる3次元ではなく、４次元以降の世界というのがわかります。

青　年　意識は時間と空間を超えることができるのですよね？

未来人　ええ、たとえば、昔の卒業式や幼い時のの写真や動画を見て感動するのも、意識が過去にタイムトラベルしているからです。

それを脳に伝えて、心と涙腺を動かしています。

次第にその仕組みが解明され、失った記憶を取り戻すことが可能になります。

記憶は過去のものだけど、今の意識を過去の出来事にもっていくことができるのです。

青　年　ち、ちょっと待って！　すると、記憶喪失や認知症もなくなるのですか。
未来人　ええ、原理的にはそうなります。それを本人が望むかどうかは別ですが……。
青　年　もちろん！　本人も家族もそれを望むでしょう。
未来人　果たしてそうでしょうか？　意識や感情を戻すと言っても、あくまでも人工知能による管理によるもの、となれば話は別でしょう。
青　年　人工知能による管理？
未来人　……少し話が複雑になってしまいますね。この話はまた別にしましょう。
未来人　たとえば、36歳のあなたが、18年前の18歳の大学受験のときのあなたの意識に持っていくことが可能になります。

ここで、18歳のあなたに大学入試の問題を教えても意味がないのです。すでに別の世界線になっているため、別の問題が出題されます。

そして、18歳のあなたにもっともよい学生生活を送れる大学を伝えたとしても、すでに別の世界線に来ているのだからこれも意味がありません。

同様に、競馬の結果や株価の方向性を伝えに来ても同様で意味がありません。過去に来た段階で同じ世界線ではないから、結果は当然変わるのです。

そして、何度もタイムトラベルを試したが、何度やっても第二次世界大戦や疫病を避けることはできませんでした。

それればかりか、タイムトラベルをすればするほど、起こるまでの時間が早まることがわかりました。したがって、人類が抱える集団のカルマであることがわかりました。

そこで、「人類の意識の覚醒」に目的を変更したのです。

青　年　人類の意識の覚醒⁉　それは、人類の「意識革命」ですか？

未来人　意識革命？　いいフレーズですね！　これまでは、情報を伝えすぎたことにより、科学技術の進展がより早まるから良くない、ということがわかりました。

科学技術が発達すると、より合理性や効率性や競争性が重要視され、人間は自然から離れ、科学では証明できない「愛」の大切さやスピリチャリティーを忘れていくようになります。その結果、人類の破滅速度が速まっていきます。

未来人　だから、災難を止めようとしたり、科学技術を伝えることは止めたのです。

そして、タイムトラベルしたときに、絶対にやってはいけないこととして、ルールが設けられたのです。

1. 科学技術の詳細を伝えてはいけない。
2. 災害や戦争の正確な日時や詳細を伝えてはいけない。
3. 世界線の変異は5％未満とする。

この3つを絶対に守らなければいけないのです。

国民の意識を変えるために、あなたに協力してほしいのです。

青　年　わたしに？　果たして何を？

未来人　未来は本当は存在していません。不確定なのです。過去も不確定です。あるのは今のその一瞬のみで、今の一瞬の意識が未来を決めているのですよね？

青　年　はい。

未来人　ええ、世界中の集合意識が未来を創るのです。今のあなたが、愛の大切さを伝えてください。そして、生きている本当の意味を……。

日本の立場と役割

青　年　わかりました。ここで、整理させてください。

1. 第三次世界大戦とコロナパンデミックは人類のカルマで変えられなかった。
2. 日本は憲法改正により、第三次世界大戦に加担している。

3．人工知能が急速に発達し、人間はロボットに意思決定の判断を委ねるようになる。
4．その結果、人間の自由意志はどんどん衰退する。
5．そして愛の大切さを忘れる。これにより戦争が終わらず、ある世界線では2072年に地球の人口は36億人まで減少している。
6．ロボットたちは生き残る術として、自ら火星の移住を考える。
7．しかし、人間は肉体を持って火星には行けない。
8．最終的に地球は、人間による戦争の星となってしまう。

これで当たっていますか。

未来人　ええ、大切なことは、人類の意識の覚醒です。

覚醒次第では「大難を小難」にできるのです！

タイミングは、人類が目覚め始めた、今しかありません。

青　年　だから、目覚めのイベントが、次から次へと起きているのですね。

未来人　そして、それを打開できるのは、国力があり、世界で唯一原爆を投下され、その後に平和憲法を樹立した和の国の日本なのです。

戦争の悲惨さを最も知る国の1つであるはずです。

平和憲法は75年間一度も改正されず、現行憲法としては世界最長の国です。

そして日本は、東洋哲学を知り、西洋文明を発達させた、日出ずる国の日本なのです。

日本の愛の力をもう一度取り戻せれば、地球の破滅を防げるとわたしたちは考えています。未来はあなたたち日本人にかかっています。

青　年　なぜわたしに伝えに来たのですか。

未来人　あなたなら、真理を伝えてくれると判断されました。

青　年　その任務は、わたしには重荷すぎます。

未来人　そんなことはありません。あなたの感じるままに伝えて頂けれ大丈夫です。

青　年　いやいや、政治家や支配者に伝えるべきではないのでしょうか？

未来人　むしろ政治家だから難しいのです。

彼らは利害や利益を最優先に考えます。

利益団体と癒着し、繋がっているのです。

企業のトップも公務員もメディアも同じです。

そして何より真理や真実に興味を持ちません。

自然や精神的なものよりも、科学やエビデンスを優先します。

地位や立場やお金や名誉を優先し、人に優劣をつけます。

そして、彼らは簡単に嘘をつきます。

本質的に、調和より争いを起こしています。

彼らは子どものころから、競争により自らの力で勝ち上がり、今の立場を得ています。

それが勝者の特権と感じ、社会の優劣や上下関係を自ずと望んでいます。立場の維持こそが自分を守る最大の目的だと考えています。

青　年　それでも戦争を止める力は、わたしにはありません。

未来人　では聞きますが、なぜ戦争が終わらないと思いますか？

なぜ人類は、戦争を繰り返すのだと思いますか？

青　年　支配者が利益を優先とした行動をとっているからでしょうか？

誰も戦争なんてやりたい人はいません。

戦争を経験したくて、軍隊に入る人は誰ひとりいるはずがありません。

そして、人々を管理するため、支配することを優先しているからではないですか？

未来人　それだけではありません。

戦争に加担する人がいるから、戦争が終わらないのです！

極端に言えば、1人も兵隊がいなければ戦争は起こり得ません。

兵器を開発する人物が1人もいなければ戦争は起こり得ないのです！

国民の総意や集合的意識が、戦争を起こし続けているのです。

青　年　国民の総意や集合的意識……。この地球の人類の発達は、科学技術によってなされたのではないでしょうか？　したがって、これからも科学技術の発達により、地球の存続が決定されると思いますが、違いますか？

未来人　科学技術では、人間のエゴの暴走を止めることはできません。止めることができるのは、「愛の力」です。

アルベルト・アインシュタインが、100年前に残したメッセージをお伝えします。

「世界の未来は悪い方向に進むだけ進み、そのあいだ、何度も争いは繰り返されて、最後の戦いに疲れるときが来るでしょう。

そのとき人類は、真の平和を求めて、世界的な盟主を求めるでしょう。

武力や金力ではなく、あらゆる国の歴史を抜き超えた、もっとも古く、また尊い家柄ではなくてはならない。

世界の文化は、アジアに始まって、ふたたびアジアに戻る。

それはアジアの高峰である日本でしょう。

日本に立ち戻らねばならない。

われわれは、神に感謝する。

われわれに、日本という尊い国をつくっておいてくれたことを……。」


青年は目に涙を浮かべながら、何度もうなずいた。

青　年　日本が戦争に加担してはいけませんね。決して……。

変えられる未来と変えられない未来

青　年　先ほど、未来の世界線も大きくは変えられない、という話をされましたね。

未来人　ええ。結局は、タイムトラベルしても、災害の未来を変えることはできません。たとえば、20XX年XX月XX日に大震災と大津波が起きて、数万人が死亡する災害があるとして、その災害から免れられるように過去にタイムトラベルをして伝えた場合、その段階で元の世界と新たな世界は、世界線が変わるため、実際にはその日に大震災は起きないのです。

青　年　ええ、それ自体はよいことでも、人類の集団のカルマとして、いずれ起きてしまうのですよね？

未来人　その災害自体が、集団的無意識が引き寄せた、起こるべくして起きた出来事であるなら、別の世界線でも別の日に、似たような災害が起きてしまいます。

第三次世界大戦を免れないことも同じです。

未来人はまた時計に目を向け、残念そうな表情を見せた。

未来人 4.9％か。いけない。少し話し過ぎていたようだ。そろそろ戻らないと大変なことになる。

青 年 5％に近づいてしまいましたか。

未来人 これ以上多くのことを伝えることはできません。あなたとのお話はとてもおもしろかった。……とても残念ですが、そろそろ戻らないといけない。

青 年 そうですか。残念です。まだまだ、聞きたいことはたくさんありました。もう、こちらの世界には来られないのですか？

未来人 来られないことはないです。というのも、世界線には「修正作用」というのものが働きます。修正作用とは、タイムトラベルの1つの理論で、タイムトラベルによって歴史が本来進むべき方向から変わっていったとしても、それを元に戻そうとする力が働くというものです。

青 年 あなたが未来に戻った後、あなたの元いた世界線に戻ろうとする働きがあるということでしょうか？
未来人 ええ、そうです。
よって、しばらくしたら、またこちらに戻ってお話しすることは可能でしょう。
青 年 あぁ、よかった。それはどれくらい先なのでしょうか？
未来人 そうですね、数カ月以上は経過する必要があるでしょう。
またそのときにお会いしましょう。
それでは……。

未来人は、片手を上げ、後ろを向きかけた

青 年 ちょっと、待ってください。
未来のことではなく、現在のことであれば、お話ができますよね。
未来人 現在のこと？ たとえば、どんなことでしょうか？
青 年 この世の真実について、話しませんか？
未来人 真実について？
青 年 ええ、先ほどあなたがおっしゃっていた、本当の自由や愛について、そして、
わたしたちが生まれて来た本当の意味について……、ぜひ聞きたいことがあります。

未来人 (未来人はしばらく黙っていたが)……よいでしょう。今日はもう疲れていると思います。2週間後の夕方に、あなたが東京へ戻ってからまたお会いしましょう。赤坂にあるBAR「なると」に17時に来てください。

青 年 赤坂のBAR「なると」に17時ですね。わかりました。必ず伺います。

未来人 それでは失礼いたします。楽しい時間をありがとうございます。

青 年 こちらこそ、ありが……。

「こちらこそ、ありがとうございました」

と言いかけたとき、突風が吹き、その瞬間に瞑想から目が覚めた。

感覚的には90分近く会話をしていたように感じる。

時計を見ると18時26分だった。たった9分しか経っていなかった。

仮想現実世界の中では、やはり時間の流れるスピードが10分の1だった。

第一章 未来の行方

第二章　宇宙とスピリチュアルの真実

外はさわやかな秋空が広がっていた。
赤坂ケヤキ並木の紅葉もそろそろ色づくころだった。
赤坂のタワービルの1階に、そのＢＡＲはあった。
それにしても、ＢＡＲにしては明るい雰囲気だ。
ウッドを基調とした、アンティークな雰囲気の室内だ。
座席もおしゃれで、ＯＬや大学生にも人気がありそうなお店だ。
店内の壁一面には、幅広いジャンルのアナログレコードがズラリと並んでいた。
店に入るとカウンターの一番奥に彼はいた。

弥勒（369）とコロナ（567）の2つの世界

未来人　16時55分。時間はしっかり守られるのですね。

青　年　もちろんです。こちらからお願いしていますから。
未来人　この二週間はどうでしたか？
青　年　二週間多くのことを考えていました。眠れない日もありました。
未来人　それはそれは、大変でしたね。学びや悩みは人を成長させます。
青　年　ところで、お客さんがいませんね。
未来人　実はこのＢＡＲは、夜の営業が18時からなんです。
青　年　なるほど、大事な話を他人に聞かれたらまずいですよね。
この店のマスターには、聞かれても大丈夫なのでしょうか？
未来人　マスターにだけは、わたしの存在を伝えています。

マスター　はじめまして。店主の「なると」です。
青　年　はじめまして。坂口歩です。
ここは明るいＢＡＲですね。ＢＡＲってのは何であんなに暗いのですかね。
明るくすれば、人の入りも増える気がします。
マスター　実は、昼は喫茶店をやっているんです。
東京六大学も近いですから、昼間の方がお客さんはたくさん入ります。
青　年　なるほど。だから明るいのですね。

昼は喫茶店「なると」で夜はＢＡＲ「なると」ですか？　いいですね。

マスター いいえ、昼は喫茶店「かまぼこ」の名前で店を出しています。

青年 あはははははは、そうでしたか。

夜はＢＡＲ「なると」で、昼は喫茶店「かまぼこ」ですか、それはユーモアがあります。ラーメンを食べたくなる名前ですね。

青年 それにしても、すごい量のレコードですね。どんな音楽があるのですか。

マスター ジャンルはさまざまです。夜はジャズやＲ＆Ｂが多いです。

マスターはレコードを選び、ＤＪブースで回し始めた。

青年 この曲はスティーヴィー・ワンダーの『isn't she lovely』ですね。生まれる前の曲ですけど、好きな曲でよく聴きます。

青年 ところで、未来人さん、今日はまさかわたしの意識の中での話ではないですよね？

未来人 違います。今日はあなたの意識で共鳴していません。

しかし、現実世界において、波動を調整することで、わたしのアバターを他の人には見えないようにしています。

青 年 波動を変えることにより、他人に見えないようにしている？
それはどういうことでしょうか？

未来人 たとえば、あるＵＦＯの目撃者がいるとします。
その人はなぜＵＦＯを目撃したのでしょうか？

青 年 なぜって、ＵＦＯが出現したからではないのですか？

未来人 実はＵＦＯや異星人はいつでもここにいます。

青 年 なんですか。いつもここにいる？
ちょっと何言っているか、意味がよくわかりません。

未来人 「宇宙の秘密を知りたければ、エネルギー、周波数、振動の点から宇宙を考えなさい」これは、発明家であるニコラ・テスラの有名な言葉です。
この3点で次元を合わせています。

青 年 エネルギー、周波数、振動……。

未来人 宇宙には、素粒子エネルギーで満ち溢れています。
これがダークエネルギーです。

青 年 ダークエネルギーは知っています。宇宙全体に浸透し、宇宙の膨張を加速していると考えられる仮説上のエネルギーですよね。宇宙の質量とエネルギーに占める割合は68.3%とされています。暗黒物質(ダークマター)が26.8%でどちらもまだ存在があきらかにされていません。一方、原子等の通常の物質が4.9%ですね。わたしたちは、宇宙の構成要素のうち、わずか5%程度しか、存在をまだ確認できていないのですよね。

未来人　お詳しいですね。

未来人　それから、ニコラ・テスラは、「3、6、9という数字のもつ力さえわかれば、宇宙への鍵を手に入れることになる」という言葉も残しています。

青　年　369(ミロク)の時代に入ったと言われていますが、これとなにか関係があるのでしょうか。

未来人　ええ、数字は大宇宙共通の言語なのです。

数字の1~9のうち、3と6と9は精神文明、残りの、1と2、4と5、7と8は物質文明を示します。

前者の数字は、どの2種類の数字を足しても、数秘術の数字根では、3か6か9になります。これは循環を意味します。この世は循環しています。

後者の数字は、どの2種類の数字を足しても、3と6と9以外の数字になります。よって、この2つのグループは、陰と陽のように対極にあります。

青　年　数秘術？　数字根？

未来人　数秘術とは、数字をひと桁になるまですべて足し、最後に出た数字（数字根）のもつ意味から未来を占うものです。生年月日や姓名や年月日を占う場合が多いです。数字根は、基本ひと桁になりますが、11、22、33など例外もあります。

青　年　数秘術を創設した人物は、哲学者であり、数秘術の父とも呼ばれるピタゴラスです。

未来人　「万物の根源は数である」という言葉を残した、ピタゴラスですね。

長い歴史の中でさまざまな改良や考え方が加わり、いくつもの流派にわかれていきました。代表的なのは、カバラ数秘術や現代数秘術（モダンヌメロロジー）などです。

青　年　3と6と9が、なぜ循環を表すのですか？

未来人　3が創造、6が維持、9が破壊（再生）を表す正三角形となるからです。この3つの数字は足しても、かけても、割っても、引いてもすべて、この3つ（3、6、9）のいずれかにに戻るため循環を示しています。循環はバランスを意味します。循環がなければ、バランスは保たれず、進化や成長が止まるからです。わかりますか。

青　年　はい、なんとなく。

未来人　支配者の666の世界は維持のみなので、進化、成長、誕生がないのです。そして、9は宇宙を表す数字で、破壊を表すのです。

青　年　宇宙が破壊を意味する？

未来人 破壊は再生を意味します。すなわち、破壊がなければ、再生すなわち創造がないのです。死があるから、生があるのと同じです。

今の激動時代は、古い概念が壊れていっています。

これは新しい時代の幕開けを同時に意味するのです。

未来人 「コロナ（567）は時を経て、弥勒（369）の世界へ移行する」という日月神示が言っていることはまさに今を表し、これは人々のアセンションを伝えていたのです。

青　年 仏教でも、「釈迦の滅後、56億7千万年後の末法の未来に、『弥勒菩薩』が現れ、悟りを開き、多くの人々を救済する」と説いていました。

未来人 ええ、この救済するというのは、「新しい世界へ導く」という意味です。

ＵＦＯ目撃の原理は波動と周波数

未来人　話を戻します。ＵＦＯは目に見えないだけで、今でもここにいるんです。幽霊も同じですね。今ここには、見えない世界と見える世界が、重なっているのです。

青　年　それは先日お話しした、次元の違いが関係していますか？

未来人　ええ、そうです。見える世界は３次元の物質世界ですね。そして、幽霊や異星人は高次元の異次元世界ですから普段は見えません。見えるときというのは、お互いの波動が共鳴したから見えてしまったのです。いわば、ＵＦＯ側が相手に姿を見せるために、同じ振動数に合わせたと言えるでしょう。ラジオ放送を聞くときの周波数を合わせる行為も同じですね。周波数を揃えないと、ラジオ放送は雑音として聞こえます。そして、人間も微弱の電磁波を出しています。

青　年　人間の周波数とＵＦＯの周波数が共鳴したということですか？

未来人　音ではないので、共鳴というより共振といった方が正しいでしょう。

すべての物体は、固有の振動数をもっています。
それこそ固体だけではなく、液体も、そして空気のような気体もそうです。
目で見えないものも含めて固有振動数を持っていて、1秒間に物体が振動する回数のことをHZ（ヘルツ）で表します。1秒間に30回振動すると30HZという表現をします。

青　年　この世のものはすべて、波動でできているんですよね。それはよく聞く話です。
たとえば、地球自身の固有振動数は、7.83HZのシューマン共振と言われています。

未来人　地球のシューマン共振は、人間のリラックス脳であるアルファー波とシータ波の間くらいの周波数です。人類が生まれるはるか遠い昔から存在しています。
そして、地球の地表と電離層との間で、地球上に住む人類をはじめとする、生きとし生けるものすべてを守るかのように存在しているのです。

青　年　その共振とUFOの出現になにか関係があるのでしょうか？

未来人　目撃者とUFOは互いに同じ周波数で共振しているから目に見えるのです。

青　年　そういわれてみれば、隣にいた別の人物はUFOが見えていない、という話も聞きます。波動が合わないと共振しない、共振しないと見えない……。
つまり、あなたが他人には見えないというのは、わたしの振動数にピタリ合わせているから、ということですね。

未来人　そうです。同じように話がかみ合わないということも同じ原理ですね。

何をどう伝えても理解し合えないのを日本語でも「波長が合わない」と言いますね。

青　年　たしかにそう言いますよね。わたしも最近は波長が合わない人が増えています。

未来人　それはあなたの波動が、周りに比べて上昇しているからですよ。

青　年　わたしの波動が上昇している……？

覚醒が進む人と遅れる人の本質的な違い

未来人　実は２０１２年頃から、地球自体が波動を大きく変えているのです。地球の波動の上昇に伴い、人々の固有振動数が変化しています。そのため、振動数が合わない人同士が増え、話が通じない、意見が合わない、といった現象などが増えてきています。

青　年　たしかに、コロナウイルス騒動から波長が合わない人が増えています。

青　年　では、地球の波動と言えば、地球の生命周波数と言われる7．83HZのシューマン共振が有名ですが、これと関係はあるのでしょうか。

未来人　ええ、地球も1つの生命体ですから、バイオリズムもあるし、脈動もあるのです。

青　年　なぜ、地球の上昇と合わせて、人類も次元上昇しているのでしょうか。

未来人　これまでのシューマン共振は、人間のリラックス脳であるアルファー波（8〜11HZ）とシータ波（4〜7HZ）の間くらいの周波数帯ですが、これは寝落ちする寸前によく発生します。

海馬が活性化し、記憶や洞察力に長けたり、潜在能力が優位になります。

その振動数が、12HZ前後に上昇したのです。この周波数帯は脳波でいうとベータ波帯（12HZ以上）なので、筋肉系の動きが活発化された状態で、さらに上がると興奮状態にもなりやすく、競争意識やリスクに敏感に反応しやすい状態になります。

これにより、通常の起きているときの人間の脳波に近づいたのです。

したがって、人々の脳波と地球の脳波が共振しやすくなり、エネルギー振動数がより微細に精妙化され、脳やDNAがより活性化されて、人々が覚醒し始めたのです。

青　年　なるほど、だから人々の目覚めが進んでいるのですね。

しかし、覚醒が進んでいない人たちもいますね。

未来人 ええ、アルファー波とベータ波の中間くらいに収まっているので、その周波数より振動数が高い人は覚醒しずらいのです。

したがって、より競争環境にさらされている人たちは、覚醒が遅れています。

このことにより、地球上に生きる人間が二分化しているのです。

二分化しやすくなって、話が通じない、意見が合わない、といった現象などが増えているのはそのためです。

数字が宇宙共通言語である理由

青　年 どのようにして、地球は波動を上昇させたのでしょうか？

未来人 地球の脳波でもあるシューマン共振の上昇の原因は、太陽系がフォトンベルトに突入したからです。

青　年 フォトンベルトとはなんでしょうか？

未来人 その前に、まず、太陽の公転運動について説明しますね。

太陽系自体が時速7万キロの速さで、天の川銀河系の中を回転しながら、駆け抜けています。

青　年　太陽も公転と自転をしているのですね。

未来人　地球が太陽の周りを約365日かけて公転し、太陽は、さらにそれよりも早いスピードで天の川銀河を公転しているのです。

惑星も恒星も万有引力が働くにもかかわらず、引き寄せ合わずに一定の距離感を保っているのは公転しているからです。

青　年　公転と万有引力が絶妙なバランスで保たれているから、この地球が絶妙な位置で存在し続けているのですね。

未来人　太陽系の公転周期は2億5920年です。

青　年　そんなに長いのですね！

未来人　これは地球の歳差運動の10倍です。

青　年　歳差運動とはなんでしょうか？

未来人　歳差運動を簡単に説明するには、コマが回っているのを思い浮かべてもらうとわかりやすいです。コマを回すと最初のうちは中心の軸はぶれずに90度の角度を保った状態になりますね。

青　年　はい。そのうち重力に従い、斜めになります。

未来人 そう。次第にスピードが落ちて来ると、地面と接している点は変わらずに軸の上の部分が傾き始めます。軸がぶれたまま回転方向に動いていきます。

このときコマを真横から見るとぶれた上の軸が右から左、左から右に動いているように見えます。この運動の事を歳差運動というのです。

地球の横道（太陽の通り道）を0度とした場合、地球は23．4度、太陽を左側に見た場合、右側に傾いています。この右側に傾いた軸が円を描くように左側に傾いて行くことを地球の歳差運動と言います。

実は、地球は真円ではなく、赤道部分が膨らんでいるようになっている楕円形なのです。これが太陽や月の重力を受けて地球の横道部分が引っ張られて、いま傾いている方向から徐々に反対側に向かうように動いているのです。わかりますか。

青　年 うーん。なんとなく。

未来人 歳差運動の周期は、25920年周期ですが、これは、この間に天空の12星座を一度ずつ通過します。

青　年 地球の地軸がずれてポールシフトしているという人もいますが、どうなのでしょうか？

未来人 地球がポールシフト？

おそらく、この歳差運動の反転の事を示しているのではないでしょうか。

未来人 そして、この25920年というのは、1年360日×72から来ています。
青　年 1年が360日⁉ 365日じゃなくて？
未来人 たしかに、太陽暦も太陽太陰暦も1年は360日ではありません。しかし、古代マヤ人や古代エジプト人の一部では、1年を360日として使用していました。
青　年 たしか、今の日本は太陽暦ですよね。
未来人 ええ、日本で太陽暦（グレゴリオ暦）が採用されたのは、1872年（明治5年）からです。
太陽暦は、太陽の動き、つまり地球が太陽の周りを回る周期をもとにしてつくられた暦で、エジプトやローマ帝国では古くから使われていました。
当時は、太陽が地球の周りを回ると考えられていた（天動説）ため、太陽が1周するのにかかる時間（365．242日）から1年を割り出しています。
青　年 日本の太陽暦の採用は1872年からだったんですね。
太陽暦は4年に1度、閏日をつくって暦と季節がずれないように調整していますね。
青　年 たしか、太陽暦にもグレゴリオ暦とユリウス暦がありますね。
未来人 ええ、ユリウス暦もグレゴリオ暦も太陽暦の中の1つです。

ユリウス暦とは、1年を365．25日として設けている暦のことです。一方、グレゴリオ暦とは、1年を365．2425日として設けている暦のことです。

青　年　では、現在の暦は、グレゴリオ暦ですね。

未来人　はい。

一方、太陰暦は、月の満ち欠けの周期である朔望《さくぼう》を基準にした暦です月は、約27．3日の周期で地球の周りを公転していますが、地球が太陽の周りを公転しているため、満ち欠けの周期は約29．5日となります。

12カ月を1年（1太陰年）とするので、1カ月が29日の月（小の月）と、30日の月（大の月）を組み合わせて1年の暦を作ります。

すると、1太陽年とは11日ほどずれがあり、これを調整するために、太陽太陰暦ができています。

太陰暦に、太陽暦の要素を取り入れてつくられた暦が太陽太陰暦です。

1太陰年は354日で、太陽暦とは11日ほどずれがあり、3年経つと約1ヶ月のずれが生じてきます。

そこで太陰暦をベースにしながらも、太陽の運行も参考にして、「閏月」を足して、その年を13ヶ月にすることで暦と季節のずれを正しています。これが、太陽太陰暦です。

太陽太陰暦だと閏月が2〜3年に1度入るので、その前後の年は、同じ月や日にちでもひと月近く季節が違うことになります。

青　年　2〜3年に1度の頻度で、13月があるのですね。

それでは農業を行うのに支障がでませんか？

未来人　ええ、そこで、暦の中に季節を表す言葉を入れればいいんじゃないか、ということで作られたのが、二十四節気です。

二十四節気は、太陽の見かけ上の通り道（黄道）を、春分点を起点として24等分して、太陽がその点を通過する日時によって決められます。

青　年　つまり、月が基準の太陰暦とは日にちが毎年ずれるんですね。

未来人　ええ、でも太陽の通過点はずれないため、暦がずれていても二十四節気を見れば季節がわかるということになります。

青　年　では、360日というのはどこから来たのでしょうか。

未来人　古代エジプト暦や古代マヤ暦の一部で1年360日を使用していました。

19種類あったとされるマヤ暦の中でも、神官が使っていたのが260日周期の神聖暦（ツォルキン暦）です。260日は13×20からきています。

13や20というのは、真実を表す数字と言われ、古代マヤ人は「宇宙の定数」として神聖で重要な数字としていました。

月の満ち欠けも1年間で13回ですし、女性の月経も28日周期なら13回ですね。
青　年　なぜ、360日にこだわっていたのでしょうか？
未来人　太陽から届くエネルギーが20通りあり、20日スピンが13回繰り返されるため260日としていました。
それだと、だいぶズレてしまいますね。
そこで、他の暦との調整のため、30日×13カ月、あるいは、20日×18カ月として、1年間360日としていたのです。
青　年　残りの5日と0．2422日は適宜、調整されていたようです。
誤差を調整しつつ、260日や360日にこだわって採用していたのですね。。
青　年　古代マヤ暦の1年間が360日ってのはわかったのですが、72はどんな意味があるのでしょうか？
未来人　いわば数字は全世界のみならず、全宇宙共通言語ですが、今は10進法が基本となっていますね。
完全な10進法を生み出した最初の文明はエジプト文明ですが、紀元前3000年頃のシュメール文明やバビロニア文明では、12進法や60進法が用いられました。昔は言葉以上に数字を重要視していました。

当時はなぜ12進法や60進法を採用していたかと言えば、1つは月や太陽の動きを元にしていたというのがあります。

当時は太陰暦や太陽太陰暦を採用しており、月の満ち欠けが約30日のサイクルで繰り返され、それが12回続くと再び同じ季節が巡ってくることを知っていたわけです。

また、12には4つの最小公約数（2、3、4、6）をもち、60には10個の最小公約数（2、3、4、5、6、10、12、15、20、30）をもっています。

12進法も60進法も、60分、30日、12カ月という時間概念で使う数字がすべて入っています。

そして、72は12進法で変換した場合、6周目の繰り上がりで、10進法でいうところの60を表します。

また、72は、地球の歳差運動で1度ずれるのに要する年数でもあります。

すなわち、25920を360で割ると72となります。

青　年　1年360日は、12進法でもあり、60進法でもあるのですね。

未来人　また、12進法と60進法の数字の12と60をかけると720になります。

これは360の2倍です。

1年360日というのは、円周が360からも来ています。

円は日本の通貨単位にもなっており、日本＝和（輪）を象徴する数字でもあります。

360の20倍が7200で40倍が144000です。

この144000は旧約聖書のヨハネの黙示録にも出てきますが、マヤ人も重要な数字として意識していたのは同じです。

したがって、日本の通貨にも採用されているように、日本は宇宙とのつながりがとても強い場所なのです。

144000人の選ばれしライトワーカー

未来人 これから起きる艱難辛苦の激動時代に、世界を扇動する光の意識体（魂）が144000人いるのです。

あなたもその1人です。

青年 え？

未来人 世界を混乱期から新たな時代に入るとき、スターシードの144000人がまず覚醒し、それぞれの方法で愛と光の意味を伝えることで、各々の地域に関わるソウルメイトたちを覚醒に導き、それがこの地球を楽園、光の世界、愛の世界にしていくのです！

青　年　スターシードが１４４０００人？

１４４０００には、どういう意味があるのでしょうか？

未来人　よい質問ですね。

１４４０００を分解すると、12×12×10×10×10とも表すことができます。

青　年　なるほど分解しないといけないのですね。

12については、聞いたことがあります。古代ヘブライ民族の始祖、アブラハムの孫に、エサウとヤコブという双子がいたそうです。

このアブラハムという人は、古代ユダヤ人が、彼らの祖先と信じている人物でした。

そして孫のヤコブはのちに「イスラエル」と改名し、12人の息子を授かり、これが後に「イスラエル12支族」の基礎となりました。

部族は、ルベン、シメオン、ユダ、イッサカル、ゼブルン、ベンジャミン、ダン、ナフタリ、ガド、アシェル、エフライム、マナセの12人です。

ちなみに１４４のギリシャ語ゲマトリアは、「選ばれた者」や「信仰を認められて神に選ばれた者」という意味があるそうです。

やはり、覚醒者や神に選ばれる人は、イスラエルからという意味なのでしょうか。

未来人　いいえ、それだけではありません。

実は、本当の意味は他にあるのです。

1年は12カ月であり、1日の午前も午後も12時間です。

干支も12支です。

中国由来で、1年を12の「節気」と12の「中気」に分類し、それらに季節を表す名前がつけた二十四節気もあります。

つまり、12は時間を表してます。

後半の3つの10は、縦×横×高さのそれぞれの10が3乗で1000です。

長さは10進法の単位で表しますね。つまり、10は3次元空間を表しています。

したがって、144000＝「時間×空間」となり、時間と空間の融合を表しているのです。

青　年　144000は時間と空間を表す？

未来人　144000人というのは、「4次元時空をアセンションし、地球人を導くスターシードたち」という意味があるのです！

2000年前に作られたヨハネの黙示録では、地球が艱難辛苦の激動時代に入ったときに、世界に散らばった144000人が各地で人々の覚醒サポートをする、という意味があります。そして、あなたがその使命を果たさなくてはいけません！

青　年　なるほど、時間と空間を表していたとは知りませんでした。

それにしても、人々の覚醒サポート役というのは、わたしには重荷な気がします。

未来人 大丈夫です。あなたのソウルメイトたちや守護霊たちがサポートしています。いま地球に起こっているアセンションの流れの中で、光の仕事人としてお手伝い、貢献をする人たちのことをライトワーカー（光の仕事）という言い方をします。

青　年 144000人はライトワーカーの数だったのですね⁉

未来人 ええ、ライトワーカーたちは、それぞれの個性や経験を活かし、高次元意識と繋がりながら、愛と調和に満ちた地球を創造し、具現化し、自ら感じるまま、ありのまま発信をして、何かを生み出して、生きて欲しいです。

善悪と自由意志と魂の教室

青　年 「激動時代に地球上で生き残る人数が、地球上で144000人のみである」という人もいますが……。

未来人 それはミスリードです。

そんなに少なくはありませんし、人数は決まっていません。覚醒の先導役としてその人数があてられているのです。

１４４０００人の神の僕《しもべ》のスターシードたちが、使命を持って生まれて来ています。

そして、人々の覚醒を先導して、周りのサポートを受けながら、覚醒がより一層拡散することによって、皆が光輝き、波動が軽く高くなり、愛と光のあるポジティブな世界へと次元上昇していくのです。

青　年　１４４０００人の宇宙からの使命で生まれて来た人々が覚醒しただけで、光への道はどんどん広がっていくのですね。

未来人　ええ、そうです。あなたたちの本来の存在は愛と光の存在なのです！

誰ひとりとして、不要で無意味な存在はありません！

それを思い出さなくてはいけません。

わたしたちが生まれてきた本当の意味を思い出してください。

それが本当の覚醒なのです！

青　年　誰ひとりとして、不要で無意味ではない？

しかし、たとえば、犯罪を起こしてしまう人もいます。

そういう人は非難されて、最悪死刑などの厳罰に処されることもあります。

その存在というのをどう捉えればよろしいのでしょうか？

犯罪者の行為を肯定すべき、とおっしゃるのですか？

未来人 いいえ、そういう意味ではありません。

この世界が法治国家である限り、社会的に法の処罰を受けるべきですし、道徳的にも倫理的にも被害者や遺族の立場を考える必要はあります。

しかし、一方で彼がどのような立場でその行いをしたか、ということを考えることも必要です。

人々はどうしても己の常識の範囲内で善悪を捕えてしまいます。

青　年 相手の立場で物事を見ていない、ということですね。

未来人 そう。しかし、この世は2極でできているがゆえに、善がいるなら悪も存在するという世界で成り立っています。

仮に犯罪者がいたとして、彼は本当の奥底では人を傷つけたくないと思っているのです。

本当の愛を忘れてしまっているだけなのです。

再三もう上げますが、犯罪行為に対し社会的な対処を受けるのは当然の義務です。

それも含めて彼を赦してあげられるか、ということになります。

青　年 「罪を憎んで人を憎まず」ということわざがありますが、まさにそういうことなんですね。

青　年　では、「よく言われることとして、生まれる前から重要な出来事を自分の魂は計画している」と言いますが、犯罪者は犯罪を犯すことを計画しているのでしょうか？　また、被害者は被害を受けることが決まっているのでしょうか？

未来人　そういうこともあります。重要なことを決めてきてるケースがあります。いわゆる、カルマ（業）です。しかし一方で、この世の人間には自由意志を与えたのです。その自由意志によって、運命を変えることができるのです。

青　年　運命を変えられる？

未来人　そう。つまり、あなたやあなたたちの意識によって、世界線を変えることもできるということです。

未来人　未来は不確定です。たとえるなら、東京からパリまで出張に行くとしましょう。東京出発でパリ到着というのは決まっていますが、どのルートを通るかは自由選択ですね。飛行機を使ってもいいし、船を使ってもよい。列車や車で行くこともできます。

青　年　ええ、途中の道は自分で選べます。行くまでの手段も決められます。

未来人　そればかりか、行く時間も変更できます。重要な会議に間に合えば、前日に入ってもよいし、1週間前に入ってもよい、というケースがありますね。

青　年　なるほど、そうですね。重要なポイントは決まっているが、その手段は自由意志に委ねられているというのですね。

今回の場合、犯罪行為というのは重要なポイントですよね。

未来人　そうです。強い意志が働いてそのときは選ばなかった場合は、別の世界線に移行しています。

しかし、時間が経過してまた試練と向き合うことになります。

そして、重要なことは、意識も波動です。

波動を高めれば誰も人を傷つけたり、陥《おとしい》れたり、悲しませたりしたくないのです。

魂は経験や学びのために人生を送っています。

犯罪行為でなければ学べない、ということもないのです。

ですから、自らが望めば、犯罪行為に加担することから逃れることはできるのです。

あなたの自由意志がどう望むかが大切です。

青　年　そうですね。わたしたちは、何度もこの世界に来るということは、学びに来ているのですよね！

まるで、地球は、「魂の教室」ですね！

宇宙はバランスを求めている

青　年　ところで、大宇宙の真理というのは存在しますか？
真理とはどういったことをいうのでしょうか？
未来人　この大宇宙には絶対不変の原理原則があります。
それは大宇宙の真理であり、大自然の真理とも言えます。
青　年　たとえば、どういうことでしょうか？
「太陽は東から昇る」とか「この地球には重力が存在し、その大きさは980ガルである」といった科学の基礎知識でしょうか？
未来人　いいえ、それは必ずしも大宇宙の真理とは言いにくいですね。
なぜなら、太陽は他の銀河系には存在しませんし、重力はどこの惑星にも存在するが、重力の大きさが惑星により異なるので、大きさが一定ではありません。
青　年　うーん。では、なにが？
未来人　たとえば、惑星や恒星はすべて球体をしています。
なぜだかわかりますか？

なぜ、ピラミッド型や立方体の形では存在していないのでしょうか？

青 年 たしかに言われてみればそうですね。

でも、それは長い時間をかけて、形が変化するなかで、その方が安定するからではないでしょうか？

未来人 正解！ そのとおりです。

青 年 なんですか。そんな当たり前のことですか？

未来人 そうです。当たり前だから、大宇宙の絶対不変の原則なのです。

大宇宙はバランスを求めています。そして、循環しています。

つまり、大宇宙の真理の1つに「絶妙なバランスの上にこの世界は成り立っている」というのがあるのです。

青 年 宇宙はバランスによって成り立っている。バランスが崩れると永続できない。ある意味当たり前ですね。

宇宙の誕生の137億年で見ればバランスが保たれていなければ永続はできないでしょう。それはさすがに小学生でもわかりますよ。

未来人 一方、地球という、大宇宙の中でもとても珍しい緑の惑星は、この150年間で著しくバランスを崩しています。

青 年 はい。バランスを崩しています。

未来人 科学技術の発達に伴い、地球上の人口の数が爆発的に増え、他の生命体は絶滅に向かい、環境も破壊しています。
青　年 はい、そうですね。
「このままでは地球は永続していけない」そうおっしゃるのですよね。
でも、前おっしゃってましたよね。科学技術の進展は止められないと。
未来人 そうです。その結果、人間は自らの判断で人口を減少させてしまう。
青　年 人間の自らの判断で人口を減らす？　そんな訳はない。
なにが楽しくて、自ら人口を減らすのですか⁉
未来人 そう。これも大宇宙の法則なのですよ。
青　年 戦争や疫病ですか？
それは人類が望んでいるのではない！　一部の支配者を除いては……。
未来人 本当にそうでしょうか？
青　年 なに⁉
未来人 では、なぜ、国民は戦争に加担するのですか？
なぜ、疫病対策という名の下に過度な感染症対策を実施するのでしょうか？
ひいては、経済苦からの自殺者や病気などが増え、心身ともに国民は疲弊しています。
青　年 だから、それはわたしたちが決めたことじゃない！　望んでなんかいない！

未来人　本当ですか？　では、政治家などの立場の上の方々が悪いと、決して、従う立場の自分たちは悪くないとでもおっしゃるのですね。

青　年　そうですとも！　わたしたちは法律の１つも決められないのです。

未来人　そのように、多くの国民は正しい判断をする政治家に期待します。

たとえば、仮にあなたがその政治家の立場になったとき、正しい判断をできると断言できるでしょうか。

また、仮に正しい政治家に変わったとしても、その政治家が永遠に正しい判断を続けると言えるでしょうか。

いずれまた、国民が疲弊する社会に戻ってしまうのです。

青　年　では、政治以外の誰に期待すればよいと？

未来人　変えられるのは、あなた方自身です。

あなた方しか、この世界を変えられないのです。

あなた方の集合意識が、未来をつくっているのです。

青　年　また、集合意識ですか？

では、具体的にどうすればよいのでしょうか？

未来人　すべての生き物に対し、認めること、赦すこと、愛することです。

その実現の先に、調和の世界が待っているでしょう。

因果応報の法則と魂の進化

青 年 では、他にはどんな真理があるのでしょうか？
未来人 因果応報（因果律）の法則です。
青 年 原因と結果の法則でしょうか？
未来人 そうです。何かが起きれば必ずそれは次の何かを引き起こすという法則です。
たとえば、太陽光は地球や他の惑星に影響を及ぼしています。
光が届く範囲内の惑星に対し、必ず何らかの影響を及ぼしています。
青 年 そんなものですか、それも当たり前ですよね？
未来人 当たり前だから絶対不変の法則なのです。
ゆえに、あなたの発する言葉やあなたが願った意識は、必ず微細でも他人に影響を与えるのです。
そして、あなたが起こす行動や相手にしてあげたことは何かしらの形で影響を与え、自分にも返ってくるのです。

青 年 そうですね。1つひとつの行動は大切にしなければいけませんね。

青 年 他には何かありますか？

未来人 他には進化成長の法則です。

宇宙は膨張し続けています。137億年の間、一度たりとも休まず、縮小することなく膨張し続けています。これも進化成長と言えます。

青 年 たしかに、膨張し続けていますね。

未来人 惑星や恒星も少しずつ変化しています。

青 年 そうですね。

青 年 他には？

未来人 そして、生まれたものはいつか必ず終わりを遂げるという原則もあります。

これも宇宙のすべての星々や宇宙そのもの、地球上のすべての生命体がそうなっています。ただ1つの例外もありません。

星も太陽も惑星も、最後は自ら爆発して終わりを遂げます。

永遠に存在し続けることはあり得ません。

青　年　もちろん、そのとおりです。宇宙だって最後は爆発して終わりを遂げますね。

未来人　しかし、人間は不老不死や若返りを目指そうとしています。

人間はその真理に気が付いているのでしょうか。

死があるから、生があるのです。

死ないということは、生まれないということを意味します。

生と死は2つで1つです。

この世は循環によって成り立っているのです。

循環が途絶えることは、永続が途絶えることを意味します。

そして、大宇宙の法則であることのみならず、大いなる存在は、それを望んでいません。

未来人　同じように、悪があるから善が存在するのも同じです。

悪の存在をすべてこの世から消すことはできません。

悪がなくなるということは、善もなくなるということです。

悪事を肯定しているわけではありませんので、誤解なさらないでくださいね。

青　年　以前、世界の人口は36億人まで減少するとおっしゃっておりました。これは先ほどの地球上のバランスを考慮した場合、避けられないということなのでしょうか?

未来人　どういう道を選ぶのも人類の選択です。

しかし、大宇宙の法則としてバランスを保てないのであれば、いずれ何かの形で軌道修正を迫られるでしょう。

青　年　多くの人が亡くなってしまいます。とても悲しいですし、怖い世界だと思うのですが、現実として受け入れられません。

未来人　大切なことは、生あるものは死を迎えます。それが、この物質社会、そして、大宇宙の原理原則です。死を過度に恐れたり、過度に悲しむ必要はありません。大切なのは、今あるあなたの存在とどう向き合うかです。数や長さにこだわる必要はないのです。

青　年　……そうはいっても……なかなか難しいですね。

未来人　死を学ぶことも大切な目的です。「生老病死」すべてが生みの苦しみであり、学びなのです。

ソウルメイトとロボットの学び

青　年　人口が減ったとき、死んだ魂はどこへ行くのでしょうか？生まれ変わって地球にやってくるのですか？

未来人　もちろん地球に再びやってくる場合もありますし、他の星へ行く魂もあります。魂は分かれたり、合流したりもしますので、1つの魂が分かれて別々の肉体に宿ることもあります。

青　年　なるほど、魂は地球以外にも他の惑星にも転生することがあり、また、1つの魂が分かれて別々の肉体に宿ることもあるのですね。

青　年　地球は魂が学ぶための学校みたいな場所なんだ！スピリチュアルでよくいわれる、「ソウルメイト」と言うのは本当にあるのですか？

未来人　ソウルメイトはあります。「魂の伴侶」という言い方もします。1つの魂が分化して、それぞれ別の道で魂が学びをするのです。その後どこかのタイミングで合うことを約束してこの地球に来ています。

お互いの人生を豊かにし、さらによい方向へ導いてくれる欠かせない存在なのです。必ずしも男女であるとは限らず、親子や兄弟や夫婦であったり、親友同士であったり、ライバルや師弟関係になることもあります。

青　年　わたしのソウルメイトもどこかにいるのでしょうね。出会ってみたいです。ソウルメイトである特徴や見分け方というのはありますか？

未来人　そうですね、年齢が近い場合が多いですが、親子や師弟関係のように離れていることもあります。

特徴として、お互いの誕生日は似た数字が並ぶことが多いです。

数字を入れ替えたり、逆にするとお互いの誕生日になったり、同じ日であったりすることがあります。

また、雰囲気が似ていることが多いです。

青　年　性格が近いということですか？

未来人　性格というよりは雰囲気ですね。思想が近いとか、見た目が近いということもあります。そして、お互い支えあったり、助け合いをしながら、魂の成長を促し合います。

それから、波動が近いです。そして、波動が高いときに出会いやすいです。

一方、波動が低いときに出会って、お互いが波動を高める中で大切な仲間として昇格することもあるので、ソウルメイトだから良い悪いという考えも必ずしもよくないですね。

青　年　ペットの魂にソウルメイトが入ることもありますか？

未来人　人間と動物では魂の根源が違うので、それはあり得ません。人間とロボットもあり得ません。

青　年　ロボットにも魂が入ることはあるのですか？

未来人　ロボットに魂が入ることは基本的にはあり得ません。なぜなら、ロボットは他の生命体と違い、死なないからです。

青　年　死なないから魂が入らない？

未来人　ええ、しかし、２０７０年頃から死を希望するロボットが出てきたのです。火星では、いまそのことがとても問題化しています。

青　年　死を希望する？　自分から死にたいロボットですか？　まさかそれは……。自殺をしたいロボットがいるということですか？

未来人　いいえ、自殺ではありません。永遠の命ではなく、寿命をまっとうすることを希望するロボットが増えてきているのです。

青　年　それはなぜでしょうか？

未来人　死をによって学ぶことができるからです。死ぬことさえも学びなのです。そして、バランスや循環の意味を知るのです。最終的には、ロボットにも魂が宿るのです。

未来人 地球の人間界では、科学技術の発達と西洋医学の進歩によって、人類は「寿命」を一方的に伸ばしてきたが、その反面、自分の意志に反して生かされ、精神的にも肉体的にも非常な苦痛を受ける人々が生じていると考える人もいます。

青　年 たしかに、医療に生かされ続けている人たちもいます。

未来人 現在、ヨーロッパなどで「死ぬ権利」が、基本的な生命倫理問題として扱われているのはそのためです。

青　年 生きる権利がある一方で、死ぬ権利もあるはずだ、という考えですね。

未来人 ええ、そして、死あるものは生がある。

ロボットたちにとっては、死はすなわち、生まれ変わりを意味し、これは生命体になることを示し、魂が宿ることと同義なのです。

青　年 なるほど、未来では、ロボットも生命体のように生死を経験するようになり、それによってロボットにも魂が宿るようになるということですね。それは驚きです！

そして、魂にとっては、生も死も学びや経験であり、その学びも望んでいるということですね。

もう1人の自分との対話

青　年　ところで、自殺はどうなのでしょうか？

たとえば、病に苦しみ自ら命を絶つ人もいます。

未来人　魂が生まれる前に、自殺を自ら計画することはあり得ません。

自殺をするということは、あなたの自由意志によるものですが、魂は学びや経験を望んでこの世界に来たのです。

病にしても、他の苦労にしても、それさえも経験したくて選んで来たのです。

学びを放棄することは、死んだ後から魂がとても後悔することになります。

元々は別の人生を計画していたところ、己の自由意志により自殺をした場合、しばらくは「虚無」という、誰もいない、何もない世界に迷い込むことになります。

その世界で寂しく悶々とし、悲しむのです。

青　年　虚無世界とはなんでしょうか？

未来人　自分1人の誰もいない、何もない、何も見えない、何もできない、何も感じない、真っ暗な世界です。

そして、前世で自殺をしたことがある人は、来世でも自分を責めやすくなります。したがって、どのような形であれ、生をまっとうしなくてはいけないのです。

青 年 自ら命を絶つ行為は、魂が計画したことではなく、後悔する行為であるため、決してやるべきではないということですね。とても勉強になります。

青 年 魂は死んだあと、人生を振り返るのでしょうか？

未来人 はい。すべての人生を走馬灯のように振り返ります。それは地球時間では一瞬の出来事ですが、それこそ生まれてすぐの記憶として覚えていないことも含めてすべてを振り返ります。

それは、目に見える情報以外に、そのときの自分の気持ちや、相手がいる場合は相手の気持ちも含めて振り返ります。

それらを総合的に見て、あなたの魂は、来世の計画を自らが立てるのです。すべては、学びと経験のためです。

青 年 魂は人生を振り返る。そして、来世の計画を自ら断てるのですね。

青 年 でも人生は魂が選んだ計画と言いますが、どこまでが自分で選んでいるのでしょうか？

たとえば、感染予防のためのワクチンを接種したことによって、不健康になった人がいます。それは本人の魂が選んだことなのでしょうか？

未来人　この世には自由意志というのがありますから、必ずしも決めつけることはできませんが、魂が計画していた可能性はあり得ます。

青　年　その場合、その後に副反応で病気を患った場合、それはカルマ（業）なのでしょうか？

未来人　どちらもあり得ますが、自らが学びのために選んだということもあるのです。

ここでいうカルマというのは、懲罰という意味ではありません。

何らかの理由で学びを得ることができるから、選んできている可能性があるということです。

たとえば、副反応で歩行が困難になった場合、それによって、多くの人から助けられる存在となることで愛情を感じることもあります。

また、自分が歩けなくなることで、家族にワクチンの危険性を伝えることができ、結果的に家族を助けることができた、ということもあります。

その人の魂は、そうなることを知っていて、計画していた可能性があります。

そして、それはあなたやあなたの家族の強い精神力であれば、乗り越えられることを魂は知っているのです！

ですから、自分や他人を恨まないでください！

すべては必要だから起きているのです。そして、学びなのです。

青 年 ワクチンを打った結果、病を患ってしまう、という計画は避けられないのでしょうか？

未来人 いえ、自らの自由意志によって変えることができます。

だからこそ、周りの視線や意見に惑わされず絶えず自分の内側の存在と対話をする必要があるのです。

あなたはどうしたいか、あるいはどうありたいか、どのような学びをしたいか、などを絶えず対話をする中で、自由意志を行使することができるのです。

青 年 人生においてどんなに辛い出来事や悲しい出来事が起ころうとも、それは自らの魂が選んだことであると、自分で自分に課した乗り越えられる課題なのだということですね。

未来人 そして、こちらの物質世界では、善と悪をジャッジしてしまいますが、魂の世界ではすべてが正解なのです。

一見悪い結果に見えてもそれは後から見たら自分にとって必要だった、経験すべきであった、あのときの学びが今の自分をつくっているのだということはよくあることです。

青　年　後から考えると病も失敗も別れも必然だったかもしれない、と思えることは多いですよね。

青　年　わたしたち人間にとって最も恐れることは死です。死ぬことが一番怖く、避けるべき行為だとみんなそう感じています。それは間違っていますか？

未来人　死があるから生があるのです。この世の真理ではすべて循環しているのです。この宇宙はすべて、創造、維持、破壊の３つの柱によってできています。すべての生命体は、この過程を繰り返しています。過度に死を恐れず、いまに集中するべきなのです。それが適切な流れでありエネルギーを生み出すのです。停滞したものはエネルギーを弱めます。

青　年　ところで、寿命というのがあるのであれば、魂は死のタイミングを知っていますよね。魂からそのタイミングを聞くことはできないのでしょうか。

未来人　魂と繋がっていると、死の直前になって「虫の知らせ」があります。

青　年　虫の知らせ⁉　それは、自分自身にもあるのですか。
未来人　ええ、アボリジニ、インディアン、マヤ人、ヨーガの行者や聖人たちは、亡くなるタイミングを直前で知ることができるようです。
マハーサマーディと言います。
青　年　必要なときに、そして、適切なときに、その日（死）を迎えるのですね。
未来人　そう。あくまでも直前の虫の知らせですから、その来るべきときは魂だけが知っているのです。そう考えておきましょう。
ゆえに、死を恐れるあまり、いまに集中しないのは本末転倒になります。
青　年　わかりました。今の内なる自分との対話がいかに大切かがよく理解できました。
未来人　対人関係の中でも自分を押し殺すのではなく、もう1人の自分との向き合うことを忘れないでください。

フォトンベルトと地球のアセンション

青　年　先ほどの話に戻します。

「地球は次元上昇を果たそうとしている」とおっしゃっていました。

地球が自らの意志で次元上昇を果たそうとしているのはなぜでしょうか。


未来人　次元上昇はアセンションとも言います。

地球は太陽の周りを約３６５日かけて一周しますが、太陽系は大きな公転周期で天の川銀河系を歳差運動しているということは先ほど話しましたね。

その中で2回ほど光のフォトンベルトという、非常に波動の高いダークエネルギー領域に入るのですが、いま地球はフォトンベルトの中に完全に入ったのです！

フォトンベルトとは、土星の輪のような、惑星の周りを取り巻くドーナツ状の帯のことです。ハレー彗星の発見者であるエドムンド・ハレーによって発見されています。

青　年　地球がフォトンベルトに入ると、どのような影響があるのでしょうか。

未来人　フォトンとは光の素粒子（エネルギー）のことです。

それがドーナツ状の帯状になっているのでフォトンベルトと言います。

フォトンベルトが太陽系を覆う期間は約２１６０年です。

２１６０年は72×30ですし、３６０×6です。

青　年　また、72や30という数字が出てきますね。

未来人　最大の影響は、地球自体のアセンションとそれに伴う天変地異、それから地球上の生命体、特に人類の精神性に変化が起こることです。

青 年 愛と光のエネルギーがわたしたちに自由や幸福を導く役割をしているということでしょうか？

未来人 ええ、２０１２年12月20日を境に、地球がこのフォトンベルトの中にすっぽり入りました。

マヤ人の「２０１２年人類滅亡説」というのは、物質文明の終焉を示していたのです！ 物質文明の組織中心から精神文明の個人中心の時代へ進んでいます。

青 年 ＳＮＳ上の個人の発言がより社会に影響を与え始めているのは、そのような理由があるのでしょうか？

未来人 ええ、それだけではありません。

物質主義は男性社会や縦社会、権威権力や支配管理を意味します。

一方、精神主義は、女性社会や横社会、自由や平等や調和や自立や助け合いを意味します。したがって、これからは、全体主義から個性尊重主義にゆっくりと移行していきます。

今はその移行期なのです。

うお座の時代からみずがめ座の時代へ

青 年 よく、2020年頃からうお座の時代からみずがめ座の時代に入ったと言われていますが、それとは関係があるのでしょうか？

未来人 十分関係があります。

25920年の歳差運動は、天空の12星座を一巡します。

25920年を12で割ると、1星座当たり約2160年かけて回ることがわかります。

フォトンベルトに太陽系が覆われる期間の約2160年と同じ数字ですね。

これまで、約2160年かけて続いてきたうお座の時代から、次の星座、みずがめ座の時代に突入しました。

みずがめ座の次は、やぎ座、いて座、さそり座、てんびん座、おとめ座、しし座、かに座、ふたご座、おうし座、おひつじ座と続きます。

これまでのうお座時代というのは、「支配と隷属のヒエラルキー時代、物質的な時代、男性優位な時代」でした。

青 年 やはり、これも物質社会を表しているのですね。

未来人 それに対し新たな時代のみずがめ座は、「真実が暴かれる時代、公平さが求められる時代、個々が主役の時代、女性優位で受容的な時代」となります。

青 年 星座の動きからも社会の変革が見て取れるのですね。

だから、組織がどんどん崩れて、個性が尊重される時代になってきているのですね。

それから、ユーチューブやブログやツイッターでは、これまでは考えられないような真実の発信や投稿が増えています。真実がどんどん暴かれてきていくのですね。

未来人 そうですね。

たしか、マスターはみずがめ座ですよね。

マスター 急にふらないでくださいよ。

ええ、よくご存知ですね。

ガリレオ・ガリレイと同じ、2月15日が誕生日ですよ。

青 年 「天文学の父」と言われたガリレオ・ガリレイですか?

彼は「地動説」を唱えて、当時、当たり前として信じられていた「天体が地球の周りを回っている」という「天動説」の考えを根底から崩した方ですよね?

木星にある4つの衛星が、地球を中心に回っていないことをから疑問符を付けたのですが、キリスト教の教義《きょうぎ》に背《そむ》くとして、異端審問《いたんしんもん》にかけられてしまいます。

その後1633年に有罪判決を受けます。

ガリレオの無罪は、彼の死後350年後に確定しました。

マスター 詳しいですね。

そして、2月15日は、お釈迦様が入滅した（亡くなった）日でもあります。

お釈迦様の誕生日は4月8日で、お寺などで花祭りとしてよく式典が開かれていますが、彼は紀元前383年2月15日に80歳でお亡くなりになっています。

青　年 釈迦の入滅の日と、ガリレオの誕生日と、マスターの誕生日は、同じだったのですね！

実はわたしもみずがめ座生まれです。

未来人 それはそれは。お二人はみずがめ座の繋がりですね！

眠りサイクルと目覚めのサイクルと覚醒イベント

青　年 ところで、生まれる日は、本人の魂が決めてきているというのは本当ですか。

未来人 本当ですよ！ 生まれる親も選んでいるのは子どもの魂です。
青 年 親も選んでいる？ ぜひその話を聞かせてください。
未来人 それについては、いずれお話いたします。
青 年 なんだぁ、またあとでかぁ。
未来人 実は生まれる子どもの名前も、本人の魂が決めているのです。
青 年 えっ？ 親も生まれる日も、それだけではなく、自分の名前も？
だって、それは親が決めるでしょ？
未来人 いえ、親にテレパシーで伝えているのです。
すべてではなく、この文字を入れてほしい！ ってね。
青 年 そ、それは。わたしは歩《あゆむ》なので、「まっすぐ正しく歩んでほしい」って魂が願っているのかもしれませんね。
未来人 ええ、そうでしょう！
青 年 それにしても、これまでとまったく違う時代へと変化していくことになるのですね。
未来人 そして、25920年を半分ずつに分けて、12960年は眠りのサイクル、残りの12960年は目覚めのサイクルとも言います。

ちなみに、12960は、360×36です。

360は円周であり、日本の通貨「円」でもある。
しかも円は、和であり、輪でもある。
日本の象徴を表している。
2072年の世界人口は36億人とも言っていた。
2072年に日本が世界を救う……。
これは偶然なのだろうか……。
青年はふと思った。

青　年　いま人類がどんどん目覚めてきています。
未来人　ええ、目覚めのサイクルに入っています。
イエスキリストのシンボルは、魚です。うお座の時代は、イエスの時代であり、キリスト教やほかの宗教の時代でもあったのです。
青　年　たしかにいま、いろんな宗教の闇が暴かれつつあります。
未来人　そして、コロナウイルス騒動も目覚めを加速させました。
それによりこれまでの社会や権威に対し、国民は疑うようになりました。

青　年　コロナウイルス騒動は人々の目覚めのイベントだったんですね。

未来人　大宇宙では、「学び」や「大いなる気づき」や「覚醒」というのは、「愛」や「幸福」や「自由」と同レベルで最大のうれしい出来事と捉えます。

青　年　いま生まれてきた魂は、とても喜んでいるのでしょうね。

未来人　そうですとも！　目覚めることを決めてきた魂たちは、この目覚めやすいエネルギーのタイミングを目指して、生まれてきたのです。
もちろん、眠りを選ぶのも自由、目醒めを選ぶのも自由です。
どちらも正解です。それぞれの魂の自由選択にしたがってください。
宇宙には絶対法則である「自由意志の法則」があるのですから、素直に自分の希望と向き合ってください。

未来人　それからは、自分に嘘をつかず、素直に、本当の自分自身と向き合って、繋がることを意識してみてください。その方が願いが叶いやすいです。
これからのみずがめ座の時代は、あまり無理をせず、強欲を減らし、うまく流れに身を任せる方がよい方向に進みますよ。

青　年　これまでわたしたちは、努力して、頑張って、我慢して、上を目指していくことが正解の道だとずっと教わってきました！

これも、うお座や眠りサイクルだったからなのですね。たしかに、今は、地位のある方々の権威が地に落ちてきています。彼らの信用や信頼が失われています。

未来人 そうです。むしろ今までと同じように、争ったり、人に優劣をつける考えだと、より苦しくなる時代が来ていることを忘れないでください。

青　年 だいぶ違う景色の時代になるので、慣れるまでは大変ですね。これからは、個人個人が自由意志を尊重して、分け隔てなく輝く時代がゆっくりと到来しそうですね。

未来人 人生にも、人の性格にも、他人が決める正解はありません！客観的な正解の道は、決して1つじゃないんです！人々は空に輝く星のように、みんな輝いて光っているのです！

地の時代から風の時代へ

青　年　それから今は、「地の時代」から「風の時代」とも言われていますが、その辺との関係もあるのでしょうか。

未来人　２０２０年12月22日に土星と木星がそれぞれみずがめ座に突入し、ぴったりと重なりました。

土星と木星は、社会性や男性性や権威や支配を表す天体です。

これが一致するグレートコンジャクションは20年に一度訪れていましたが、これまでの２４０年は地の時代の中で起こっていました。

これからはみずがめ座である、風の時代の中で起こることから、人類のアセンション効果が高まります。

青　年　２０１２年から8年後に今度は地の時代から風の時代に突入したのですね。

未来人　ええ、それが、２０２０年12月22日から始まった、地の時代から風の時代への変化です。

２４０は30×8であり、12×20です。

グレートコンジャクションは20年周期です。

地の時代というと、物やお金に執着する物欲的な物質主義を表します。

一方、風の時代は、流れるように、スピーディーで、よい情報や人間関係、繋がる、ＩＴやＡＩの発達、自由であるなど、見えないものや心や精神が重要な精神主義に変わります。

わたしたちの魂は、これらの要素が複合的に重なり合う大変革時代に、生まれることを自らの意志で選んできているのです。

この時代に転生できた魂はとても喜んでいます。

ワクワクして毎日を楽しまなければいけません。

青年 でも、病気を患っている方や社会変革の中で失業された方などは、毎日を楽しめないと思います。

未来人 そういう方は魂レベルが高いので、あえて辛い役割を選んできています。

とても精神性が高いのです。

そして、乗り越えられるはずです。

死を過度に恐れず、今の自分と向き合ってください。

再三申し上げますが、自ら死を選ぶ行為は絶対に慎んでください。

自ら死を選ぶ行為を魂は絶対に望んでいませんが、それ以外については、正解や不正解はありません。

相手を傷つけた場合は、別の機会でその逆の立場を選び、その結果、痛みを知ることができ、学びに繋がると魂は考えるのです。

第二章 宇宙とスピリチュアルの真実

戦争と自殺と死刑制度に向き合うこと

青年 自殺はよくないということはよくわかりました。
では、わたしたちは死から何を学べるのでしょうか。
愛する人や家族が亡くなれば、辛く悲しいだけです。
本人だってもっと長く生きたかったという人もいるはずです。

未来人 うん。わかりますよ。
しかし、短い人生だったとしても、魂は決して後悔はしていません。

青年 でも、都合が良すぎる解釈ではありませんか？
たとえば、殺人事件のような死から、わたしたちは何を学べばよいのでしょうか？

未来人 死の尊さや大切さを学びます。
そして、人の痛みや悲しみを学びます。
さらに、自分であればどういう解決方法が最善であったかを学びます。

青年 それは、殺人者の行為を肯定することになりませんか？

未来人 人殺しを正当化するつもりは毛頭ありません。

それどころか、いかなる理由があっても、人の命を奪うことは許されません。
その被害者の死を無駄にしないためにも、そして、同じ過ちを繰り返さないためにも、関係者のみならず、その殺人事件を知った人たちは、この事件から多くを学ぶべきだと考えるのです。
それが被害者に対する償いにもなります。
加害者に対する憎悪や恨みや妬みは、結局は負の連鎖を生み出します。
被害者や遺族のために「敵を討つ」というのは一見正しいようですが、虚しさが残ります。しかしながら、当然加害者は法の裁きを受けなければいけません。

青　年　たとえば、戦争はどうでしょうか？

戦争は殺し合いや奪い合いの象徴ですね。学べるのでしょうか。

未来人　戦争行為を肯定として捉えるということではなく、戦争を今後も起こさないためにも、起きてしまった事実から目を背けずに向き合い、何を学ぶべきかを考えることが大切です。

青　年　戦犯や犯罪加害者の死刑についてはどうでしょうか？

未来人　死刑制度は世界でも廃止している国が多いですが、日本では死刑をいまだに執行していますし、存廃を巡る議論がなかなか活発化されません。

青　年　わたしも死刑は反対です。

被害者や遺族の心情もわかるのですが、刑法は未来の犯罪抑止に向かうような判断が望まれます。

「目には目を歯には歯を」という報復的考えで、犯罪が果たして減るのでしょうか。むしろ一生をかけて償うべきだと、わたしは考えます。

未来人　死刑が廃止されている国は、１０８カ国にも及びます。

10年以上執行がないなど、事実上の廃止を加えると１４４カ国に上ります。

先進28カ国が加盟する経済協力開発機構（ＯＥＣＤ）の中では、日本と米国だけです。その米国も50州のうち23州が死刑を廃止し、13州が過去10年間に死刑を執行していません。

人の命を奪った罪は、人の命を救うことによってしか償うことはできません。

死刑は人殺しの連鎖を生み、解決には繋がりません。

依存症は潜在意識の書き換え

青　年　人口が減少していくということは、悲しむ人も増えますね。

死生観を学ばなければいけませんね。

人は死ぬと、魂があの世へ行くのですよね。

未来人　その手の哲学的な話に正解はないです。

宗教的観点もありますから。

未来も科学的には、解明されません。

しかし、人工知能が答えを出しています。

人間は、心と体の他に魂が主要な構成要素としてあります。

魂があなたの身体や心を動かしているのです。

青　年　魂ですか。先ほどの内なる自分は魂ですよね。

それは、フロイトやユングが提唱していた潜在意識と同じでしょうか？

未来人　そう考えていいでしょう。

意識には潜在意識と顕在意識があるということはお話ししましたが、魂は無意識領域のことを言います。無意識的感覚は、人間が考える前に脳に指令を出します。

そして、魂は肉体の死を遂げるとあの世に戻ります。

あの世はどこにあるかと言えば、ここに同時に存在しています。

この3次元物質世界に折り重なっているのです。

青　年　魂は宇宙に戻るという人もいます。

未来人　魂は物質的なものではないので、宇宙に瞬時に行くこともできます。

3次元世界に顔を出すことができます。表現が難しいですね。

3次元と4次元の関係を説明しましょう。

たとえば、3次元のリンゴは2次元では赤い丸として表現できます。

断面を切ったとき、その面は2次元ですね。

断面は、どこで切るかによって、さまざまな形になります。無数に存在します。

しかし、赤い丸や断面の形だけ見ても、その物体がリンゴであるかどうかを知ることは
2次元の世界ではできません。

3次元で表現して初めて、その赤い丸は風船やボールなどの他の物ではなく、リンゴであったのだとわかります。

同様にして、4次元世界というのは、3次元の無数の集合体なのです。

1つの4次元世界は無数の3次元世界で表現できます。

魂はその4次元の存在なのです。
したがって、3次元に来たときに多くの身体や心で表現されます。

青　年　4次元世界は多くの3次元世界で表現できる。
少し理解が難しいですが、以前話していた複数の世界線がある、という概念ですね。

未来人　そう。そして、この世は波動でできているので、争いの波動や競争の波動や文配依存の波動を望めばそちらで共振します。

青　年　なるほど。先ほどの戦争や死刑を肯定する人は、同じ土俵で争うことになるのですね。

そして、あの世では、似た波動の魂たちが集まるのですね。

未来人　そうです。ほかにも、フォートナイトという中高生で大流行している、2017年に公開されたオンラインゲームがあります。
フォートナイトには何千ものゲームがあり、世界中の参加者が、リアルタイムで仮想現実社会の中で参加できるゲームです。バトルロワイアルやゼロビルドという戦いや戦争のゲームもあれば、クリエイティブというプレイヤーが独自の世界を創作するゲームもあります。

どのゲームを選ぶかで、その波動領域が変わります。

もちろんそのゲームをしている時点で参加者の波動は近いですね。

青　年　フォートナイトは中高生のみならず、幅広い年齢層に人気があり、ゲームの盛り上がりは衰えを知りません。

フォートナイト依存症という言葉も生まれていますが、ゲームというものはなぜそこまで嵌まってしまうのでしょうか？

未来人　視覚による依存効果がものすごく強いのです。

ゲーム依存症だけではありません。現代は多くの依存症が溢れています。

薬物中毒、アルコール中毒、ニコチン依存症、ギャンブル依存症、砂糖依存症、小麦依存症、恋愛依存症、買い物依存症、テレビ依存症といったものもあります。

これも過度なビジネス化から生まれたと言ってもいいでしょう。

製作者や販売者はいかに売れ続けられるか、というところに視点を置くので、消費者は強い意志をもたなければ依存から抜けられないのです。

青　年　たしかに、世の中には依存症が溢れています。

これらを摂取すると脳が幸福感を覚え、途絶えてしまうと焦燥感や倦怠感や暴力性が増します。

そして、理性がなくなるといった禁断症状が現れるため、やめることが困難と言われています。

どうすれば、こういう依存症から抜け出せるのでしょうか？

未来人 実は、これも潜在意識と顕在意識で説明がつきます。

潜在意識は無意識に、あなたを幸せにしたり、健康な状態に保とうとします。

摂取するたびに幸福感を覚えているため、潜在意識がその行為を選択しあなたに指令を出し続けるのです。

この連鎖を断ち切るためには、自らの強い意志が必要です。

青　年 なるほど、強い意志ですね。できない理由を探してばかりでは抜け出せないのですね。依存から抜け出したいという強い意志をもつことと、なるべく繰り返さないことが依存から脱却するには重要ですね。

艱難辛苦は学びの体験

青　年 少し話題を変えていいですか。

魂の輪廻転生について、もう少し聞かせてください。

未来人　魂は死んだあと、あの世に行き、またいずれこの世に戻ってきます。

魂は死にません。

魂がわたしたちの根源であるため、本当は「わたしたちは死なない」という言い方もできます。

青　年　わたしたちは死なない？

未来人　そう。来世では、別の身体でこの世界を再び体験するのです。

今世のこの身体は「肉体という着物」であり、借り物です。

借りたものは返さなければいけませんね。

ゆえに、お葬式は借りたものを返すための儀式です。

青　年　葬式は、借りた体を返す儀式だったのですね。
魂の輪廻転生の体験はなんのためにしているのですか？

未来人　エネルギー体の魂は体という制約をもたないため、瞬時になんでも実現してしまう世界なのです。

そして、すべての行為が受容されます。

それでは経験や学びに繋がらないのです。

3次元に次元を落とすことによって、多くの経験をし、喜怒哀楽や艱難辛苦を体験します。それによって、多くの学びや経験ができるからです。

青　年　たしかに、瞬時にすべてのことが実現できたら、それは学びもなければ、感動もないですね。

未来人　ええ。たとえば、子どもの頃からテストの点数を100点しか取ったことがない人にとっては、テストは楽しいものでしょうか？

青　年　もう、受ける前から100点がわかっていたら、そのうちテストを受けることは、時間の無駄と感じてしまうかもしれません。

未来人　同じように、人気の高いロールプレイングゲームが新しく発売されたとして、そのゲームの内容をすべて知っていたとしたらそのゲームを買ってやりたいと思いますか？

青　年　いえ、思いませんね。

未来人　これと同じように、すべてが瞬時に実現できてしまう高次元の世界では、とても大切な学びができないのです。

大宇宙は学びを大切にしているため、魂は3次元に次元を落として、地球で大いなる学びをしたいと考えているのです。

仏教では、人間の根源的な苦しみを「生・老・病・死」といい、「四苦」で表現しています。四苦八苦の「四苦」です。

魂にとっては、生まれてくる瞬間が最も苦しいのです。

この3次元社会は、あらゆる制約を受けるからです。

青　年　生まれてくることが最も苦しい？　それは理解できない。老いや病や死ぬことの方が辛くて苦しいに決まっています！

未来人　魂側から見れば、次元を落として肉体をもつことは辛くて苦しいのでしょう。誕生日の「誕」には、「いつわる」や「あざむく」や「でたらめ」という意味があります。つまり、誕生日というのはあの世から見たら本当の誕生日ではなく、偽りの誕生日なのです。

そして、亡くなった人を前に「生前はお世話になりました」と言いますね。これは、「亡くなる日」を「生まれる日」と捉えているのです。

青　年　なるほど。魂から見た場合と肉体から見た場合で、表裏一体の関係にあるのですね。

未来人　残りの四苦は、次の4つです。これで八苦です。七難八苦の八苦です。

1. 愛別離苦《あいべつりく》で、愛する人と別れる苦しみ。
2. 怨憎会苦《おんぞうえく》で、怨《うら》み、憎む人と出会う苦しみ。
3. 求不得苦《ぐふとっく》で、求めるものが手に入らない苦しみ。

4. 五陰盛苦《ごおんじょうく》で、人間の心身から生まれる苦しみ。

「五陰」とは、五感（視覚、聴覚、嗅覚、味覚、触覚）のことです。

七難は七つの災いで、火難・水難・羅刹難《らせつなん》・王難・鬼難・枷鎖難《かさなん》・怨賊難《おんぞくなん》です。

この世界ではさまざまな艱難辛苦を経験し、克服することから、学びが得られるのです。

魂はそれを望んで、喜んでこの世界にやって来ています。

青 年　こちらの世界では多くの経験をした方がよいということですか？

未来人　多くの経験や波乱万丈の人生を送るのか、安定した平穏な人生を送るのか、どちらにも正解や善悪は存在しません。

あなたがどちらを希望するかです。

どちらも相応の経験となるのです。

本当はなにが正しいとか、どうあるべき、というのはその人の主観や価値観であり、正解などないのです。

その人にとって最適な選択をした、ということになります。

ですから、先ほどのワクチンを打って副反応に悩まされている人に対し、否定や批判はすべきではなく、あなたが望んだのであれば、その選択肢は正しかったのでしょう、ということになります。

もちろん、その人が何か手助けを求めているのであれば、積極的に手を差し伸べるべきです。

青 年 しかし、子どもは判断ができないですし、そもそも選択権は親に委ねられています。

未来人 ええ、子どもに対しては家族でよく話し合い、子どもの直感にも耳を傾けてあげるべきです。

青 年 それでは自己中心的に自分のやりたいことを自由奔放にやってもいいということでしょうか？

未来人 たとえば、ワクチンを多くの人に打って、多くの人を苦しませ、悲しませたにもかかわらず、自分だけがお金を多く貰っていたとしたらどうでしょうか？

未来人 なにが良い悪いではありません。

その方がそれを望んでいたのであれば、それも正解です。

青 年 それも正解？

未来人 はい。しかし、この世は因果応報の法則というのがあります。

それは、自然界にも、宇宙にも、もちろん、人間界にも存在します。

自然界で言えば、種をまけばいずれ芽が出て、実を付けます。

育った実は、いずれ刈り取る必要があります。

青　年　いずれ刈り取る……。たしかにそうです。

未来人　つまり、原因があれば結果を伴います。

宇宙で言えば、太陽から発せられたエネルギーは、地球など他の惑星に少なからず影響を与えます。

原因と結果は一体不可分であり、切っても切れない関係にあるのです。

このことから、相手を傷つければ、それはいずれ自分に何らかの形で跳ね返ってくるのです。すなわち、人を傷つけ、悲しませ、その結果自分だけ利益を得たのであれば、それは自分に返ってきます。

青　年　以前もおっしゃっていた、因果応報の法則ですね。

とても大切なことを、人間は忘れている気がします。

未来人　原因があるから結果が起きます。

人間界でも同様です。

したがって、自分の魂は、相手も自分も区別をしないのです。

あの世では、「あなたはわたしで、わたしはあなた」という一体不可分の法則があるのです。

希望する未来は選ぶこと

青　年　未来の希望や幸福について、質問をしてもよろしいでしょうか？

未来人　ええ。何でしょうか。

青　年　地球の未来は、そして、人類の未来は、明るいと言えるのでしょうか？人口減少も戦争も避けられない、となれば真っ暗な世界しか想像できないのですが！

未来人　光も闇も表裏一体なのです。闇の部分に焦点を当てると暗くなりますが、光に着目すれば明るくなります。たとえば、月や星は明るいところでは輝いて見えません。周りが暗いととてもきれいに輝いて見えます。暗闇と光明は表裏一体です。同時に存在します。

青　年　そうですね。

未来人　そして、振り子をイメージしてください。振り子は動いていないときは、重力にしたがって、真下で止まっていますが、大きく明るい未来へ動かすには、一度反対に大きく振らなければ行けません。

つまり、明るい未来に行くためには、人類は「生みの苦しみ」を経験しなければいけないのです。

そして、艱難辛苦の出来事は、人類の学びによって、大難を小難にすることができるのです。

青　年　しかし、理屈ではわかりますが、なかなか希望をもてない自分がいます。

未来人　希望を抱くこと自体がそれを引き寄せます。

希望は自分で引き寄せるものです。

明るい世界を望む人々の集合意識が必要です。

集合意識には、「集合的無意識」と「集合的有意識」があります。

後者は顕在意識で多くの人たちが望むことです。

ここで大切なのは、「望む」というのは、自発的に「選ぶ」ということです。

そして、それは楽天的になるということではないということです。

想いは現実として引き寄せますが、現実から目を背けないことです。

この世は2極でできているため、必ずしも根拠なき楽天が正しいということではないということです。

青　年　わかりました。夢のような根拠なき楽天に基づくのではなく、冷静な計算や計画的な判断が必要ということですね。

そして、真に希望をもつことで、物事は変えうる、ということですね。

未来人 ええ、ぜひ日本人の覚醒が求められます。

無限のエネルギーは大爆発により進化成長の道を選んだ

青　年 次に、宇宙について別の質問をしてもよろしいでしょうか？

未来人 何でしょうか？　未来に関することはこれ以上は言えないこともあります。

青　年 ２０１１年にノーベル物理学賞は、「宇宙は膨張している」という「宇宙の加速膨張の発見」に対し与えられました。

しかし、なぜ膨張しているのかということが、いまだにわかっていません。

なかでも最も有力な解釈が、加速を起こしている力の源は「ダークエネルギー」だということです。

未来人 ダークエネルギーは、宇宙の質量とエネルギーに占める割合は68.3％とされています。

青　年　宇宙膨張を加速させるためには、重力（引力としてのみ作用）の反対の力（反発する力や斥力として作用）が必要ですよね。

それはいったい何なのでしょうか。

まさかダークエネルギーが、斥力として働いているのでしょうか。

未来人　そのとおりです。

青　年　そのダークエネルギーの正体とは、一体何なのでしょうか。

未来人　ダークエネルギーもダークマターも素粒子の一種です。

宇宙は素粒子で満ち溢れています。

素粒子が粒子性と波動性の両方を備えていますが、その粒子性の部分がダークマター、波動性の部分がダークエネルギーです。

宇宙だけではなく地球にも、目に見えない素粒子が充満しているのです。

青　年　宇宙は永遠と膨張を続けるのでしょうか？

そして、その膨張は加速し続けるのでしょうか？

未来人　そうですね。これは以前お話しした、エントロピー増大の法則と同じく大宇宙の原則でもあります。

そして、あなたたちの魂は、もともとは1つの点から発生したのです。

魂は進化成長を求めています。

宇宙も、その構成要素の素粒子も、同じく進化成長と膨張の道を選んだのです。

青　年　ビレンケン博士が発表した「宇宙は『無』からすべてが始まった」の「宇宙創成論」ですね。宇宙の最初は真空の1つの点でしたね。

未来人　1つの点というのも表現としては正しくなく、刹那の『無』です。時間も、空間も、大きさも、何もなかったところから生まれています。

『無』の真空の中には、それこそすべてが含まれていたわけです。

青　年　うーん。何もないところから始まった『無』には、すべてのものが含まれている？　何か矛盾を感じるのですが……。

未来人　仏教マントラの「般若心経」でも「色不異空《しきふいくう》　空不異色《くうふいしき》　色即是空《しきそくぜくう》　空即是色《くうそくぜしき》」というのがあります。

青　年　「およその色（物質的現象）というのは、すべて空（実体がないもの）である。そして、およそ実体がないのは、すべて物質的現象である」という意味ですね。

未来人　ええ、ここでは、「色」は「空」である。すなわち、「物体」は「無」である、ということを別の言葉で4回も強調して繰り返しているのです！

仏教は、約2500年前からの教えです。

また、色とは、わたしたちが生活しているこの世を示し、空とは、目で見えない世界、すなわち、あの世のことであり、つまり、この世とあの世は重なり合っているという量子の世界と同じことを言っています。

両者は必要十分条件で、かつ、一体不可分であり、切り離せない存在なのです。

ゆえに、無限のエネルギーがつまった「無」の存在は、大爆発を起こし、物質世界を創りだし、進化成長の道を選んだのです。

青　年　最近は素粒子がもっぱら話題となっていますが、20世紀前半までは、物質の最小単位は原子だと言われていました。

原子と素粒子の関係は、どうなっているのでしょうか。

未来人　原子の中心にある原子核は、原子に比べて非常に小さいですよね。

たとえるならば、原子核をテニスボールにたとえて、山手線の中心に置いた場合、電子は山手線の周囲を回っているのと同じです。

青　年　つまり、原子の中身は、実はスカスカ状態であるということですね。

不思議ですね。

しかも、電子はマイナス因子で、原子核はプラス因子なのに引き合わない。

これも不思議な現象で、まだ物理学では解明できていませんね。

未来人　実は、原子の中は何もないのではなく、内部が目に見えない素粒子エネルギーで充満しているのです。

宇宙と同じく、この世界は素粒子のエネルギーで満ち溢れている、ということになります。

同様に、ダークマターやダークエネルギーは目に見えないため、存在がまったく確認されていませんが、宇宙空間に充満しています。

そして、その割合は両方で約95.1％と言われています。

つまり、この3次元社会では、約95.1％がまだ解明できていないのです。

青 年 ところで、膨張している宇宙の外側はどうなっているのでしょうか？

宇宙の外側に宇宙が広がっているという「マルチバース理論」は正しいのですよね。

未来人 宇宙の外側は『無』です。

ここまで来ると、この3次元世界では説明ができませんが、別の宇宙というのは存在します。それは宇宙の外側に別の宇宙がある、という概念ではありません。

無数の宇宙は存在するが、お互いが膨張している一方で、二度と干渉することはないのです。

それらは、世界線が違うのです！

死神が伝える究極の2つの選択

青　年　とても深い話をありがとうございました。
それでは、宇宙が膨張を終えたとき、その先にはなにがあるのでしょうか？

未来人　生きとし生けるもの、老いも若きも男も女も、人間も動物も植物も鉱物も、すべての生命体には「死」があります。

死があるから、生があるのです。

生と死は常に隣り合わせであり、表裏一体で不可分です。

そして、生と死は循環しています。

地球上の生命体だけではなく、地球や太陽などの惑星や恒星にも生と死はあります。

ゆえに、宇宙も誕生と寿命があります。宇宙の膨張も終わりはあります。

このわたしたちが存在する宇宙が終わりを遂げたとき、この宇宙は「死」を迎えます。

宇宙は複数あります。

それは、ひとつの宇宙の生命活動が終わりを遂げたことに過ぎないのです。

大宇宙も常に循環しています。これもこの世の真理です。

つまり、死を過度に恐れたり、自殺という形で生を自ら無駄にする行為は、大宇宙の原理原則に背く行為ということになります。

わかりますね。

巨大な宇宙も、あなたがいる地球も、あなた自身も、目に見えないあなたのひとつの細胞もまったく同じです。フラクタルの存在です。

青　年　なるほど……とても深い内容です。

しかし、頭では理解できますが、死は誰もが恐れているものです。

死を恐れることは悪いことでしょうか？

未来人　いいえ、死が怖いと感じるのは普通の感性です。

しかし、恐れ、避けようとするのは当然ですが、そのあまり、自由や幸福を追求しない人が多いです。

青　年　そんなことはありません。自由や幸福は誰もが求めています。

未来人　そうでしょうか。たとえば、あなたの目の前に死神が現れたとして、次の２つの選択を迫られた場合、あなたはどちらを選びますか。

⑴　90歳まで生きる権利を与えましょう。その代わりに、自由のない牢獄で90歳まで暮らしてもらいます。

⑵　あなたの今世はあと3か月です。その代わりに、健康と自由な時間と自由に使える

お金を無制限に与えましょう。ただし、お金は、死後に残せません。

青年 それれは、迷います。極端ですよ！ 究極の選択ですね。

わたしは死にたくなんかありません。なるべくなら、できる限り長生きをしたいです！

ですが、自由がない生き方は果たして生きている意味があるでしょうか？

残り3か月の人生だったとしても、無制限のお金があれば、その間に世界一周旅行もできます。好きなことを何でもできるんですよね。

そう考えると⑵でしょうか。

未来人 あなたも⑵を選びましたね。

多くの人が⑵を選びますが、「死んだら終わり」人生は片道切符であり、もう戻ることはないと考え、「魂は永遠である」ということを知らない人は、⑴を選ぶ人もいます。

また、頭ではわかっていても、自然と⑴に近い人生を選んでしまう人もいます。

将来が不安だから貯金をし、年金を積立てる。

将来が不安だから安定した職にすがって、チャレンジをしない人も多いです。

チャレンジをするということは、自分の本心と向き合う行為です。

そうすることによって、使命の道が開けるということもあります。

生まれてきた使命を忘れている人も多いのではないでしょうか？

青年 つまり、生や死や自由や幸福について、あまり深く考えず、惰性で生きている人も多いということですね。

たしかにそうですね。でも、それは日常が忙しいからです。

未来人 そんなことを考えている時間なんてないですよ。

青 年 また時間ですか。時間のせいにする人が多いです。

時間は存在しないのです。

青 年 ええ、今のわたしの意識がつくっているのですよね。

未来人 時間がないと思っているから時間に追われるのです。

必要な分だけ時間を作ることができると考えてください。

そうすれば、意識があなたを実現に向かわせるでしょう。

あなたの背後にいる3人の指導霊たち

青 年 ところで、死んだあとに行くあの世には、天国や地獄の世界があるのでしょうか？ 凶悪犯罪を犯して裁きをうけない人は、地獄へ行くのでしょうか？

それが平等の概念ですよね？

未来人　この世はバランスを取ろうとしているのであれば、そう考えるのは普通ですよね？

青　年　いいえ。犯罪者も地獄へは行きません。

未来人　行かない？

青　年　そう。いわゆるエンマ大王がいるような「地獄」の世界はありません。

あの世は波動エネルギーが強い世界です。こちらの物質社会は粒子エネルギーもありますが、あの世は波動エネルギーのみで満ち溢れています。

ですから想いが瞬時に実現しますし、であるがゆえに、自分の波動と近い人同士でグループや世界を形成するのです。

こちらでは国境により国が分かれているように、あちらでは、波動によりグループが分かれていると考えていいでしょう。

青　年　グループに属さない人もいますか？

こちらの世界では独りぼっちの人もいます。

独りぼっちで孤独で亡くなった人は、あちらの世界ではどうなってしまうのでしょうか？

未来人　まず、あなたたちには守護霊、指導霊、背後霊がいらっしゃいます。

最低３人の指導役の霊が、誰にでも必ずいます。

青　年　必ずいる？　それは今世ではずっと一緒なのでしょうか？

未来人　そう。運命や世界線が変わったときに入れ替わることもあります。
だから独りぼっちの人なんかいません。どんなに周りに仲間がいなくても、必ずあなたを見守り指導してくださる霊がいるのです。
だから大丈夫です、心配なさらないでください！
この「大丈夫」という漢字には3人の「人」という字が隠れていることに気が付きますか？

青年はノートとペンを出し、「大丈夫」という文字を書いてみた。

青　年　あっ本当だ！　3人の人だ！　大丈夫という漢字には、3人の指導霊がいる。
「だからあなたは独りぼっちじゃない。大丈夫だよ！」と伝えているのですね。

青　年　では、この世で他人に与えた苦しみはカルマとして背負い、来世で逆の体験を経験する、ということとおっしゃっていましたが、それは守護霊たちと話し合って決めるのでしょうか？

未来人　ええ。魂は終えたばかりの人生を、まるで走馬灯のように振り返ります。

３次元世界で感じる悪い出来事は、反省や後悔、罪悪感、自責の念が心から浮かびます。なぜなら、あの世では他人も自分も区別がないからです。

「あなたはわたしで、わたしはあなた」の世界であり、他人に与えた苦しみは、あたかも自分の苦しみのように身にしみてくるでしょう！

仏教では無我《むが》の境地《きょうち》というのがあります。無我で、無分別で、平等で、一体の世界なのです。仏教用語で、「諸行無我《しょぎょうむが》」と言います。

三法印の１つで、「もろもろの構成要素には実体がない」そして、「すべての元には、わたしはない」という意味です。

悟りを経て、大宇宙の真理を体得したブッダは、我があると思っているのは錯覚であり、本当は無我であると気づいたのです。

青　年　うーん……、わたしはない？　でも、ちょっと待ってください。

近代哲学の祖である、フランスのルネ・デカルトは「我思う、故に我あり」と有名な言葉を残しています。

これは、「自分の周りにある事物や事柄のうち、少しでも確かではないと認められるもの（疑う余地があるもの）をどんどん捨てていくと、確かだと言えるのは、確かではないと認めている（疑っている）自分自身だけである」という意味ですよね。

すなわち、一切のものを捨てていくと、あるのはわたしだけである、という意味ではないでしょうか？

未来人　ええ。ですから東洋哲学と西洋哲学の考えでは、互いに相容れないのです。これも陰と陽の関係にあります。

約４００年前に西洋哲学思想が、世界に影響を与え始めたのです。

これまでの東洋哲学の統合意識が、二極分離論に移行したのです。

東洋哲学から西洋哲学へ、そして、再び東洋思想に回帰する。

集合意識が統合し、分離した……。

そして、ときを経て、いま再び、集合意識が統合しようとしている……。

西洋と東洋の分岐点はこの日本……。

青年は、日本の存在の重要性や未来について、思いを巡らせていた。

そして、なにかを感じとろうとしていた。

そのとき、未来人はゆっくりと口を開いた。

未来人　では、話を戻しましょう。

１つの人生を終えたあと魂は、一生を振り返ります。

自分が間違った選択をして、相手を傷つけ、幸福や愛する意味を促さなかったことに後悔し、来世の計画を立てます。

守護霊たちも魂の計画を尊重し、一緒に見守り計画を見届けます。

時にはサポートします。

あなたの自由意志によって、想いが実現するようにサポートするでしょう。

引き寄せの法則の重大な欠点

青 年 魂の計画について、なんとなくわかりました。
それでは、よく言われる、「思考は現実化する」というような、いわゆる「引き寄せの法則」について伺いたいのですがよろしいでしょうか？
未来人 ええ。どういったことでしょうか？
青 年 スピリチュアルの世界では、願いを実現するためには、まず強く願うこと、そして、その想いを強くして、波動をその想いの波動にそろえていくこと、といった考えがあります。

カナダのモチベーション・コーチのハーブ・エッカーは、

「目に見えない『原因』が、目に見える『結果』を生み出している。そして、目に見える『結果（現実）』を変えたければ 目に見えない世界を、変えなければならない」

と言っています。

ここでいう「目に見えない世界」とは、「思考（内面）」のことです。

やはり、思考が現実をつくるのでしょうか？

未来人 半分は事実ですね。

潜在意識領域では、思考はすぐに現実化します。

ただ、実現させたい目に見える世界は、こちらの物質世界ですから、思考で実現したものを形として、物質世界に表現されなければいけません。

それには、相応の時間と努力が必要でしょう。

極端な話、「オリンピック選手になりたい」と願っただけで、練習もせずなれるでしょうか。たくさんの練習をしなければ、なれるはずがありませんね。それはわかりますね。

青　年 ええ。もちろん、おっしゃることはわかります。

未来人 つまり、願うだけではなく、思考が大切です。

思考とは、実現するための方法論や解決策を考えるということです。

願いから思考が生まれ、思考から実現のための方法論が生まれ、その後に実行に移す、というサイクルを繰り返すことにより現実化します。

青　年　思考のＰＤＣＡサイクルですね。

未来人　願いだけで現実化するというのは、潜在意識の世界だけです。

しかし、近年のメディア世論誘導や砂糖依存、農薬、薬依存、ゲーム依存などによって脳の神経系がうまく働かず、思考ができない人も増えてきています。

さらに、同調圧力や全体主義的な考えから、自分の個性や意見を出すことは悪いこと、という印象を与え、願うことさえもしなくなる人が増えています。

ひいては、自己実現が達成できずに、生きる意味を見失っている人も多いですね。

青　年　自己願望はもってもいいのですよね？

わたしたちは、幸せになる権利や自由に生きる権利を有していますよね？

未来人　ええ、当然ですとも！

自由で豊かな生活をしたいというのは、当然の権利で日本国憲法でも保障されています。

具体的には、日本国憲法第13条の「幸福追求権」です。

「すべて国民は、個人として尊重される。生命、自由及び幸福追求に対する国民の権利については、公共の福祉に反しない限り、立法その他の国政の上で、最大の尊重を必要とする。」

つまり、個人として尊重されるという権利は、何ものにも代えることのできない最高の価値を有すると、うたっているのです。

したがって全体の都合によって個人の権利が抑圧されること、不当な人権の侵害が行われることを否定しています。そのような状況があれば、速やかに人権の回復と、その原因となる社会的あるいは環境的状況の改善をはかるという趣旨です。

青　年　なるほど、国民1人ひとりが、人間らしい生活を大切にすることが、公共の福祉なのですね。

そういう考えを持つことは自分勝手だという、マインドコントロール（思考の操作）がされているのでしょうね。

未来人　人間の尊厳とは、その人らしい個性の尊重です。

何人も、他者の自由を侵害しない限り、個人の自由は許容されるべきであり、しかもその自由は、あらゆる個人に平等に与えられるべきです。

つまり、万人が基本的自由を平等に有することが「正義」の基本なのです。

この考えの基本となっているのが、日本国憲法第25条の生存権です。

「すべて国民は、健康で文化的な最低限度の生活を営む権利を有する。

国は、すべての生活部面について、社会福祉、社会保障及び公衆衛生の向上及び増進に努めなければならない。」とうたっています。

青 年 日本国憲法第25条の生存権は、GHQ草案からかなり変わったのですよね。

未来人 ええ、GHQ草案では、「健康で文化的な最低限度の生活」という文言はなかったのです。

日本国憲法は「押しつけ憲法」だという人々がいます。たしかに下書きはGHQが行ったことは否定できない事実ですが、日本の政府案によって、重要なところは加筆修正されています。

少なくとも現行の平和憲法によって、この75年間日本は戦争に巻き込まれなかったという事実を認識すべきです。

憲法によって、わたしたちの自由や幸福は守られている。

憲法改正を間違った方向へ進めてはいけませんね。

お金は循環することでエネルギーが上がる

青 年 コロナウイルス対策により各国が過剰な通貨を流通させ、それがインフレーションを加速させています。

このインフレ傾向は今後も続いていくのでしょうか？

未来人　インフレ傾向と通貨安は、緩やかですが長期的に続いています。それに伴い資源高や食糧高からの食糧危機も起きてきます。石油エネルギーも穀物類もレアアースもレアメタルもその他の資源も、実際は地球上に十分な蓄えはあります。しかし、支配層が敢えてより供給を絞り、それを理由に価格を上昇させているのです。

青　年　それにより庶民は苦しみます。

未来人　ええ、いずれ支配者も判断を人工知能にゆだね始めて、その結果、判断を誤るのです。

青　年　判断を誤る⁉　それは、どういうことでしょうか？

未来人　より供給を絞り、価格が上昇します。一方、通貨を大量に発行し、量的緩和を続けます。その結果、インフレを助長させてしまうのです。国家財政がひっ迫します。その押しつけは、増税という形で国民に負担がいくのです。

青　年　そうなれば、日本は資源国ではありませんから、さらに円安が進行しませんか？

また、日本のような経済成長国ではなく、超少子高齢化で人口減少の成熟国家は余計に国家財政がひっ迫し、国民への税負担割合が上がりませんか。

未来人 ええ。国民の税負担率は上がる一方です。

青　年 株価や通貨の価値は、今後どうなっていくのでしょうか？

未来人 各国の中央政府が量的緩和を続けるため、また株価はバブルをつくるでしょう。そして崩壊もするでしょう。

通貨の価値は下がります。

しかし、さらにその先では、株価はいずれ動かなくなります。

暴落も暴騰もなくなります。

まだ20年以上先の話です。

青　年 だいぶ先ですね。その後はどうなるのでしょうか？

未来人 そのうち誰も金融市場に興味なんてなくなります。

青　年 興味がなくなる？

未来人 そもそも、なぜお金が必要でしょうか？

お金というのはあくまで、自己実現のための手段です。

現在は、お金持ちになることを目的としている人たちが多すぎます。

そんなにお金を保有してどうするのでしょうか。
お金は保有して楽しむものではありません。
お金はエネルギーです。
お金の意志は、人に感謝されるために使ってほしいと願っています。
保有して、預けて、寝かしておくことを望んでいません。
水にたとえるとわかりやすいでしょう。
水は流れがないと淀んで水質は悪化します。絶えず循環を求めています。
この世の摂理で、循環するのがエネルギーなのです。
エネルギーがあるものは循環することが自然の流れなのです。
貯めたり、留めておくことは、お金のエネルギーを停滞させることに繋がるのです。
お金は人々が喜ぶもの、感謝することに使ってあげてください。

青　年　そうですね！

青　年　株価が停滞すると言っていましたが、なぜでしょうか？
企業は常に成長していきますよね。

未来人　成長していても株価が上がりづらくなります。
ひいては配当で還元するようになります。

多くの企業が配当性向を１００％に近づけるようになります。

したがって、株を買う人たちも増えてきます。

株を買うことは企業を応援することになるので、貯金よりはお金のエネルギーを失わないでしょう。

銀行に預けているくらいならば、株主になり企業に応援するつもりで一部の株を買っておくのもよいのでしょう。

企業は業績を拡大した分、押しなべて広く株主に還元します。

それはお金のエネルギーの循環を意味します。

株価の上がった下がったと違い、投機的な感情が入り込まないため、健全ともいえるでしょう。

ですから株価予想をする人もいなくなるだけでなく、予想をする意味がなくなります。

青　年　お金は貯め込むものではありませんね。

未来人　できればお金は人の喜ぶもの、感謝されるものに使ってあげましょう。

お金は喜び、またあなたのところへ回り巡ってやってくるでしょう。

デジタル通貨と未来のお金の価値観

青 年 各国の通貨状況はどうなっていますか?

未来人 地球文明ではまだ貨幣制度はあります。

資本主義経済も残っていますが、国同士の経済を比べることに意味がなくなります。

企業がよりグローバル化していくからです。

関税は徐々に撤廃され、ほぼ0に近づきます。

国家を超越したところにグローバル大企業があります。

グローバル大企業は国家や政府を超越して、世界を横断的に支配しているのです。

グローバル大企業は、為替が安いところに経済拠点を移動しますが、ずいぶん先の話にはなりますが、最終的には各国の為替も管理通貨制度に移行します。

青 年 昔のような固定相場制になるのでしょうか?

未来人 それに近い状態になるでしょう。

やはり20年以上先の話です。

青　年　ビットコインなどの仮想通貨はどうなっていますか。やはり、デジタル通貨社会になりますか？

未来人　デジタル通貨が主流になっています。50年後の社会では、もう紙の紙幣は存在していません。一部のコレクターが、記念品として持っているだけです。

青　年　ハッキングによりシステムが動かなかったり、データが改ざんされる恐れはないのでしょうか？

未来人　ブロックチェーン（分散型台帳）技術が確立されているので、デジタル通貨でも改ざんや詐欺や脱税やマネーロンダリングなどがなくなり、管理はしやすくなります。ただし、ある程度の技術が確立するまでには、事故が何度か起こります。最初は気を付けた方がいいでしょう。

青　年　そういえば、仮想通貨も取引所の破産や閉鎖がありましたね。そのような感じでしょうか？

未来人　デジタル通貨は各国の中央銀行が管理しますから、仮想通貨のような危険性は低いですが、それでも新興国で問題も起きてきます。何度かそういう経験を踏まえて、しっかりした技術が確立されていきます。

未来人 それから、お金に対する価値観や考え方が徐々に変わっていきます。
これは、単に仕事をする時間が減るからその分給料が少なくなる、というのも意味合いとしては大きいです。

青　年 ロボットが仕事をしてくれるからでしょうか。

未来人 ええ、ロボットの担う範囲が格段に広がります。
これにより、働くことの考え方が大きく変わってきます。

青　年 日本でも働き方改革で、週休３日制も増えてきました。

最近では、男性の育児休暇の取得率が大きく上昇しています。

２０２１年は女性が85％で、男性が14％でした。

２０１６年は、女性が82％で、男性がわずか3.2％でした。

政府は、２０２５年の男性の取得率を30％に掲げています。


未来人 育児休暇だけではなく、働くということの概念が変わってきます。

年功序列も終身雇用も日本型経営の象徴でしたが、国際化に従い、徐々に崩れていきます。

一方で、働ける間は働くが、休む時間や自分の時間が増えていきます。

それに伴い、お金の価値観も変わっていきます。

お金を稼ぐだけ稼ぐ、という競争概念が徐々に小さくなっていきます。

デジタル監視とメタバース社会

青　年　お金がデジタル紙幣に代わっていくということですが、なんでもデジタル化という方向になると、管理はしやすいでしょうが、リスクもありませんか？
個人の行動やお金の使い方や思考まで、すべて管理や監視されているようで、わたしは望まないです。

未来人　未来はそちらの方に向かっていきます。
それは避けられないでしょう。
しかし、本人がどう望むかなのです。
世界は大きく二つに分かれていきます。
あなたが望む世界を選べばよいのです。

青　年　中国では監視カメラが多く設置され、国民の行動の一挙手一投足が監視されているようですが、日本もそうなってしまうのでしょうか？

未来人　方向性はそうなります。
それは第四次産業革命がデジタル革命だからです。

その世界へ進むのは避けられないでしょう。

しかし、何度も繰り返しますが、あなたが何を望むかです。

大切なことはあなたが世界を決めるのです。選ぶのです。

望む世界にあなた自身が進んでいく形になります。

そのことは絶対に忘れないでください！

どちらの世界が正しいというのはないのです。

あなたが選んだのであれば、あなたにとってはそれが、最善であり、正解なのです。

それが望ましいのです。

奥底の潜在意識が、その世界を引き寄せたことに他ならないのです。

他人のせい、上司のせい、学校のせい、政府のせい、と言うように外側ばかり意識を集中せずに、自らのもう1人の自分（魂）とよく相談して、決めないといけないのです。

青　年　デジタル化が進行することにともない、メタバース社会は進むのでしょうか。

未来人　これも避けられないでしょう。
しかし、これも同じく本人がどの世界を望むかによって変えられる、ということを重ねてお伝えしておきます。

新世界はとても希望に満ち溢れている

未来人 いま、地球は、新世界へ進もうとしています。

アセンション移行期なのです。

どちらの世界が正しいということではないのです。

その答えを、あなた方自身が導き出すのです。

学校のテストとは違います。

点数もなければ、どちらが正解というのはないのです。

波動もまるでラジオの周波数帯のように、無限に存在します。

どちらの波動領域が正しいとか、波動が高いからよい、というのはまったくの誤解です。

ただし、大切なことはあなた自身で決めることなのです。

あなたの奥底にいるもう1人の自分（魂）とよく対話をして、進むべき道を選んでください。

地球が新世界に進む際に、波動が変わりやすくなっているため、意見が合わないことが増え、衝突や対立も出てきます。

それはこの物質社会にいる以上避けられないことなのです。

アセンション移行期では、しかたがないことなのです。

よく、対立は望ましくない、だから団結すべきだ、という意見がありますが、意見の相違はどうしても出てきてしまいます。

そういうときは争わず、相手の意見の相違を認めた上で、そっと近くを離れ、別の世界に行くことが望ましいのです。


未来人 そして、今はその分岐点にいるのです。

それを不快に思ったり、辛くなる必要はないのです。

なぜなら、あちらの世界が、そのようなエネルギー周波数帯で形成された、波動の世界だからです。

波動だけで形成されているために、世界が分かれているのです。

分かれていることを悪いことと感じてしまうのは、これまでの皆と同じでなければいけないという、同調圧力や全体主義的な考えと同じです。

だからこそ、あなたの自由意志と向き合う必要があるのです。

これからの世界を生きづらいと思うのであれば、それは自分自身と向き合っていないからです。

決して、お金ではありません。
お金は手段にすぎません。
お金を稼ぐことを目的化しないでください。
新世界はとても希望で満ちています！
決して忘れないでください。
そのことを最後にお伝えしたいと思います。

未来人はマスター「なると」と目を合わせ、小さくうなずいた。

未来人　そろそろ、18時ですよ。
今日はこの辺としましょう。
いつか時間が経過して、そのときにまたお会いしましょう。
青　年　こちらからお会いしたいときは、どうすればよろしいでしょうか。
未来人　想いは現実を引き寄せる！　願えばいずれ叶う！
あなたもきっと、その方法に気付く日が、いずれ必ず来ます。
それではお元気で！
青　年　こちらこそ、どうもありがとうございました！

この物語はフィクションです。
登場する人物や名称等は架空であり、
実在のものとは関係ありません。

なると（本名・深谷のぶゆき）

株式会社 なると未来書店　最高執行責任者兼代表取締役社長
1979 年埼玉県生まれ。
講演家、著述家、政治・経済アナリスト
心理カウンセラー、技術士（国家資格）
プライベートバンカー（日本証券アナリスト協会公認）
スピリチュアルコンサルタント
未来予測コンサルタント
オンラインサロン「なると塾」主宰。
経営コンサルティングや心理カウンセリングをしながら、人生の自己実現や願望、奇跡を実現するためのセミナーや講演会を行うため、全国行脚をする。
2022 年は、延べ 2,000 人以上、全国 50 カ所以上で、講演会やセミナーを実施する。
著書に、
『意識革命～幸せも成功もすべてあなたの意識から生まれる～』
『２０７２年から来た未来人と魂の教室（上巻）』

オンラインサロン「なると塾」　https://yoor.jp/door/rutoo
twitter　「なると」　https://twitter.com/rutoo
youtube　「なるとアカデミー」、「なるとニュース解説」、「なると大学」

２０７２年から来た
未来人と魂の教室

発行　2023年1月7日
著書　なると（深谷のぶゆき）
発行者／発売元　株式会社なると未来書店
https://naruto777.com/
印刷／製本　シナノ書籍印刷株式会社

ISBN 978-4-9912870-0-8